Viaje al pasado.
El pago de la deuda atrasada

Stefan Zweig

Viaje al pasado.
El pago de la deuda
atrasada

Traducción de Eduardo Gil Bera

Alianza editorial
El libro de bolsillo

Títulos originales: *Die Reise in die Vergangenheit / Die spät bezhalte Schuld*

Diseño de colección: Estrada Design
Diseño de cubierta: Manuel Estrada

PAPEL DE FIBRA
CERTIFICADA

© de la traducción: Eduardo Gil Bera, 2025
© Alianza Editorial, S. A., 2025
   Calle Valentín Beato, 21
   28037 Madrid
   www.alianzaeditorial.es

ISBN: 978-84-1148-942-3
Depósito legal: M. 164-2025
Printed in Spain

Si quiere recibir información periódica sobre las novedades de Alianza Editorial, envíe un correo electrónico a la dirección: alianzaeditorial@anaya.es

Índice

Viaje al pasado

—¡Estás aquí!

Salió al encuentro de ella con los brazos extendidos, casi abiertos.

—¡Estás aquí! —lo repitió una vez más, y su voz se elevó en la escala cada vez más clara que va de la sorpresa a la felicidad, mientras envolvía a la figura amada con su mirada tierna—. Había temido que no vinieras.

—¿En serio? ¿Tan poca confianza tienes en mí? —Pero el ligero reproche solo era un juego de los labios sonrientes: sus pupilas azules, claramente iluminadas, irradiaban confianza.

—No, no es eso, nunca he dudado... de hecho, ¿qué hay en este mundo más fiable que tu palabra? Pero es que... ¡imagínate qué cosa más disparatada...! Por la tarde, de repente, de manera totalmente inesperada, no sé por qué, me entró súbitamente un miedo sin sentido de que podía haberte pasado algo. Pensé en telegrafiarte, pensé en ir a tu

11

casa, y ahora, conforme el reloj avanzaba y seguía sin verte, me corroía la idea de que una vez más podríamos perdernos el uno al otro. Pero, gracias a Dios, ahora estás aquí...

—Sí, ahora estoy aquí. —Ella sonreía y de nuevo resplandecía la estrella desde el azul profundo de sus ojos—. Estoy aquí y estoy preparada. ¿Nos vamos?

—Sí, vámonos —repetían maquinalmente sus labios. Pero su cuerpo inmóvil no daba un paso, y su mirada tierna seguía envolviendo una y otra vez lo increíble de su presencia.

Por encima de ellos, a derecha e izquierda, las vías de la estación principal de Fráncfort rechinaban con las sacudidas de hierros y cristales, silbidos agudos cortaban el tumulto de la sala rebosante de humo, en veinte tableros figuraban imperiosos los horarios con los minutos exactos, mientras él, en medio del remolino del incontable gentío que pasaba, la percibía a ella como única criatura existente, extraída del tiempo y fuera del espacio, en un trance singular de obnubilación apasionada. Finalmente, ella tuvo que avisarle:

—Venga, Ludwig, que ya es hora. Aún no tenemos los billetes.

Hasta ese instante no se liberó su mirada cautivada, y solo entonces la tomó del brazo con tierna reverencia.

El expreso de la tarde a Heidelberg iba inusualmente abarrotado. Decepcionados en su expectativa de estar solos juntos gracias al billete de primera clase, finalmente se conformaron, después de una búsqueda en vano, con un compartimiento donde solo dormitaba un señor canoso recostado en una esquina. Ya se las prometían felices disfrutando de antemano de su conversación íntima, cuando, justo antes del silbato de partida, entraron jadeando pesadamente en el compartimiento tres señores con gruesas carteras, abogados según toda evidencia, y tan excitados por su proceso recién terminado que su discusión ruidosa anulaba por completo cualquier posibilidad de otra conversación. Así que permanecieron resignados los dos, uno frente al otro, sin aventurarse a decir nada. Y solo cuando uno de ellos levantaba la vista, veía la tierna mirada del otro, sobrevolada por la nebulosa oscura de las sombras inciertas de la lámpara, y dirigida amorosamente hacia él.

El tren se puso en marcha con una ligera sacudida. El traqueteo de las ruedas amortiguó la conversación de los abogados y la pulverizó hasta dejarla en mero murmullo. Luego, en cambio, el golpeteo y las vibraciones se fueron convirtiendo en un balanceo rítmico, la cuna de acero se mecía en una ensoñación. Y mientras debajo las ruedas traqueteantes corrían hacia un futuro cumplido diversamente en cada uno de ellos, los pensamientos de los dos volaban soñadores hacia el pasado.

Se habían encontrado por primera vez hacía más de nueve años y, separados desde entonces por una distancia insuperable, ahora sentían con fuerza redoblada este primer reencuentro sin palabras. ¡Dios santo, qué largos, qué dilatados habían sido aquellos nueve años, cuatro mil días y cuatro mil noches, hasta ese día, esa noche! ¡Cuánto tiempo, cuánto tiempo perdido! Y, sin embargo, un solo recuerdo retrocedía en un segundo al principio del principio. ¿Cómo había sido? Él lo recordaba perfectamente: a los veintitrés años había llegado por primera vez a casa de ella con los labios marcadamente festoneados bajo la suave pelusa de la barba en flor. Prematuramente desligado de una infancia humillada por la pobreza, criado en comedores gratuitos, abriéndose paso como profesor particular y preceptor, amargado antes de tiempo por las privaciones y la escasez. Rascando durante el día unos céntimos para libros, siguiendo los estudios por las noches con los nervios agotados, tensos y acalambrados, había obtenido el primer puesto en química y, particularmente recomendado por su catedrático, había acudido donde el famoso G., consejero y director de la gran fábrica en Fráncfort, en la que le adjudicaron al principio trabajos subalternos en el laboratorio, pero pronto se dieron cuenta de la tenaz seriedad del joven que se aferraba al trabajo con toda la energía acumulada por una voluntad fanática de alcanzar su propósito, y el consejero comenzó a interesarse por él de manera especial. A modo de prueba, le encargó trabajos de cada vez mayor responsabilidad que él, consciente de que representaban la posibilidad de escapar del inframundo de la pobreza, emprendía con avidez. Cuanto más trabajo se le encomendaba, más enérgicamente se reafirmaba su voluntad, de modo que, en el más breve plazo, el «joven amigo», como al consejero le gustaba llamarlo con amable benevolencia, pasó de ser un ayudante corriente a colaborador en los experimentos altamente secretos. Porque, sin que él lo supiera, una mirada escrutadora lo observaba detrás de la puerta de papel pintado para examinar su elevada aptitud, y mientras el ambicioso joven creía despachar labores cotidianas con devota aplicación, el siempre invisible superior ya le iba asignando un futuro brillante.

El viejo consejero, que muchas veces debía quedarse en casa aquejado de una ciática especialmente dolorosa, y que con harta frecuencia se encontraba en la situación de no poder levantarse de la cama, hacía años que andaba en busca de un secretario privado que fuera de la máxima confianza y contrastada capacidad, con el que poder consultar las patentes secretas y los experimentos realizados con la mayor de las reservas. Y por fin parecía haberlo encontrado. Un día, el consejero sorprendió al joven asombrado con la inesperada propuesta de si querría dejar su cuarto amueblado en la periferia y mudarse a una villa espaciosa como vivienda, en calidad de secretario privado. El joven quedó sorprendido por tan inesperada propuesta, pero todavía más se asombró el consejero cuando aquel rechazó rotundamente tras un día de reflexión la honrosa oferta, ocultando con muy poca habilidad la cruda negativa detrás de pretextos nada sólidos. El consejero tenía una formación académica eminente, pero en las cuestiones del alma no era lo bastante experto como para adivinar la verdadera razón de la negativa, y quizá el propio interesado no se confesaba a sí mismo su sentimiento último. Y ese no era otro que un orgullo compulsivamente oculto, la vergüenza asociada a una infancia pasada en la más amarga pobreza. Habiendo crecido como profesor particular en las casas insultantes de los nuevos ricos, como un ser sin nombre, una especie de anfibio entre servidor y residente que está y no está, a semejanza de los objetos decorativos portátiles, como las magnolias sobre la mesa que se quitan y se ponen según haga falta, tenía el alma rebosante de odio hacia los miembros de la clase alta y su ambiente, los muebles pesados y pretenciosos, las habitaciones recargadas, las comidas copiosas y desmesuradas, todo lo opulento en lo cual solo participaba como elemento tolerado. En esa situación, lo había experimentado todo: las ofensas de los niños maleducados y la compasión aún más ofensiva de la dueña de la casa cuando a fin de mes le entregaba un par de billetes, las miradas burlonamente irónicas de las crueles criadas siempre dirigidas contra los servidores que están por encima de ellas, cuando entraba en una nueva casa con su tosca maleta de madera y tenía que colocar en un baúl prestado su único traje y la ropa gris remendada, signos inequívocos de su pobreza. No, nunca más, se había jurado, nunca más viviría en una casa ajena, nunca volvería al reino de los ricos antes de serlo él mismo, nunca más se dejaría espiar en su pobreza ni permitiría que le ofrecieran obsequios indignos. Nunca más, nunca más. Cierto es que ahora el título de doctor, que no era más que un abrigo barato pero impenetrable, ocultaba la humildad de su puesto, y en el despacho su rendimiento cubría la herida enconada de su juventud echada a perder y supurante por la pobreza y las limosnas: pero no, no quería vender ese puñado de libertad, esa impenetrabilidad de su vida, por más dinero. Y por eso declinó la invitación honrosa con evasivas absurdas, incluso a riesgo de echar a perder su carrera.

Sin embargo, pronto sucedieron circunstancias imprevistas que le arrebataron cualquier posibilidad de elección. La dolencia del consejero empeoró de tal modo que tuvo que guardar cama y se vio impedido hasta para la comunicación telefónica con su despacho. De manera que un secretario privado se convirtió en una necesidad ineludible, y finalmente no pudo sustraerse por más tiempo a las reiteradas y urgentes invitaciones de su protector si no quería acabar por perder su puesto. Sabe Dios lo que le costó dar aquel paso: aún se acordaba del día de la mudanza, cuando por primera vez hizo sonar el timbre de aquella elegante villa de estilo franconio antiguo en la Bockenhaimer Landstrasse. La tarde anterior se había apresurado a comprar con sus exiguos ahorros —una anciana madre y dos hermanas en una remota ciudad provinciana se alimentaban de su escaso salario— mudas de refresco, un traje negro pasable y zapatos nuevos para no mostrar demasiado claramente su pobreza, y también por esa vez fue un mozo de cuerda quien transportó previamente su baúl, para él odioso por tantos recuerdos, donde guardaba sus efectos personales. Con todo, sintió que le faltaba el aire en la garganta cuando un sirviente con guantes blancos le abrió formalmente la puerta y salió a su encuentro, ya desde el vestíbulo, el denso vaho saturador que despide la riqueza. Allí esperaban gruesas alfombras que absorbían el ruido de los pasos, tapices tendidos en todo el contorno de la antesala que invitaban a alzar ceremoniosamente la vista y puertas talladas con pesados pestillos broncíneos destinados con toda evidencia a no ser tocados por la propia mano, sino para que los abriera un criado servil con la espalda encorvada. Todo aquello causaba en su obstinada amargura una impresión estupefaciente y al mismo tiempo repulsiva. Y cuando luego el criado lo condujo a la habitación de invitados con tres ventanas, destinada para él como aposento permanente, le invadió la sensación de estar fuera de lugar y ser un entrometido: él, que ayer aún vivía en un pequeño cuarto trasero expuesto a las corrientes de aire del cuarto piso, con una cama de madera y una palangana de hojalata, debía acomodarse en este lugar donde cada utensilio se presentaba opulento y consciente de su valor en dinero, y le miraba burlón como a alguien que es meramente tolerado. Lo que traía consigo, y hasta él mismo en su propio traje, se encogía lastimosamente en aquella amplia estancia inundada de luz.

Su único traje colgaba ridículo como un ahorcado en el amplio armario ropero, y sus útiles de higiene, su sufrido estuche de afeitado, yacían como desechos o como utensilios de trabajo olvidados por un operario sobre el espacioso lavabo del tocador con baldosas de mármol. Instintivamente tapó con una colcha el baúl de madera tosco y grosero, envidiándolo por no poder arrastrarse y esconderse él mismo, que se veía como un delincuente sorprendido en aquel aposento cerrado. En vano trataba de animar su avergonzado e irritado sentimiento de nulidad con la soflama consoladora de que él era el solicitado y el requerido. Por el contrario, la flemática presencia en derredor de las cosas echaba abajo una y otra vez sus argumentos. Volvía a sentirse pequeño, doblegado y vencido por el peso del mundo del dinero pretencioso y ostentoso, una vez más se percibía como servidor, siervo, lameplatos, un mueble humano susceptible de compra o alquiler, y despojado de su propio ser. Y cuando ahora el sirviente, tocando suavemente la puerta con los nudillos, anunció con semblante inexpresivo y porte rígido que la distinguida señora llamaba al señor doctor, sintió, mientras le seguía vacilante a lo largo de la serie de habitaciones, que por primera vez desde hacía años su porte se encogía y los hombros se le iban agachando de antemano en una reverencia servil, y que de nuevo crecían en él la inseguridad y la confusión de cuando era chico.

Pero en cuanto se encontró frente a ella por primera vez, su contracción interior se relajó benéficamente: antes incluso de que su mirada, tanteante tras la reverencia, llegara a percibir el rostro y la figura de la interlocutora, ya le había salido al encuentro irresistiblemente su palabra. Y esa primera palabra fue «gracias», hasta tal punto pronunciada de

una manera franca y natural que despejó todo aquel nuba-
rrón de disgusto que le rodeaba, tocando inmediatamente
el sentido del oído.

—¡Gracias! Le agradezco mucho que haya aceptado por
fin la invitación de mi marido —dijo al tiempo que le tendía
cordialmente la mano— y me gustaría tener la ocasión de
poder demostrarle enseguida lo agradecida que estoy. Se-
guramente no le ha resultado a usted fácil: no se renuncia
con gusto a la propia libertad, pero quizá le tranquilice a
usted el sentimiento de tener a dos personas inmensamen-
te agradecidas. Haré de todo corazón cuanto esté en mi
mano para que se sienta usted en su casa.

Algo en él escuchó con suma sorpresa. ¿Cómo sabía
ella lo de la libertad vendida a disgusto? ¿Cómo es que,
ya con sus primeras palabras, ponía el dedo en la llaga,
en lo más rozado y sensible de su ser, justo en ese punto
más palpitante de su miedo a perder su libertad y no ser
más que alguien tolerado, uno al que se alquila y se paga?
¿Cómo había conseguido en el acto borrar de su ánimo
todo aquello, ya con el primer movimiento de su mano?
Sin querer, la miró, y entonces descubrió por primera vez
una cálida mirada empática que esperaba confiada la
suya.

Algo suave, tranquilizador y serenamente confiado debía
de emanar de aquel rostro; su frente limpia, aún tersamen-
te joven y peinada con raya de madre de familia que casi
parecía prematura, irradiaba claridad; llevaba el cabello oscuro en capas, ondulado con amplios bucles, y, a partir del
cuello, un vestido igualmente oscuro ceñía sus hombros lle-
nos. Todo ello hacía que su rostro diese una mayor impresión de claridad con su luminosidad apacible. Parecía una

Virgen laica, un poco monjil con su vestido cerrado hasta arriba, y la bondad prestaba a cada uno de sus movimientos un aura de maternidad. A continuación, dio un paso adelante lleno de suave gracilidad y recibió sonriente el agradecimiento que salía de los labios de él.

—Ahora —dijo ella— querría pedirle un favor, el primero para el primer momento. Sé que una convivencia entre quienes no se conocen desde hace mucho tiempo siempre supone un problema. Y en eso solo ayuda una cosa: sinceridad. Por eso le suplico que si en alguna ocasión se siente usted agobiado por alguna actitud o disposición, se dirija a mí con total libertad. Usted es el ayudante de mi marido, yo soy su mujer, ese doble deber nos vincula, de modo que seamos sinceros el uno con el otro.

Él tomo su mano tendida. El pacto quedaba sellado. Y desde aquel primer segundo, se sintió unido a la casa: el lujo de las habitaciones ya no le hacía un efecto hostil, al revés, comenzó a percibirlo como un cuadro necesario de la distinción que convertía en armonía todo lo enemistoso, confuso y contradictorio del mundo exterior. Poco a poco se fue dando cuenta de que una especie de sentido artístico exquisito sometía el lujo a un orden superior, de modo que aquel ritmo amortiguado de existencia se impuso en su propia vida y forma de hablar. Se sentía tranquilo de un modo particular: todos los sentimientos extremados, vehementes y apasionados perdieron su maldad e irritación; era como si las alfombras mullidas, las paredes tapizadas, las cortinas coloreadas absorbieran misteriosamente la luz y el ruido callejero, y al mismo tiempo sentía que aquel orden que mecía las cosas no tenía lugar porque sí, sino que procedía de la presencia de la mujer silenciosa siempre envuelta en una sonrisa benevolente. Y lo que en los primeros minutos le pareció mágico, en las semanas y meses siguientes le dio la impresión de ser natural: aquella mujer lo introdujo poco a poco en el círculo familiar de la casa a base de tacto y discreción. Al sentirse acogido y no vigilado, notaba que era objeto de atención como desde la distancia: sus pequeños deseos se cumplían apenas los insinuaba, de una manera tan discreta que parecían atendidos por duendes a los que no era preciso dar las gracias de manera expresa. Una tarde en que hojeaba un álbum de grabados valiosos, mostró una desmedida admiración por uno de ellos que representaba el puño de Rembrandt, y dos días más tarde encontró la reproducción enmarcada colgando sobre su escritorio. En otra ocasión, citó un libro como particularmente recomendado por un amigo, y pocos días después lo encontró casualmente en la estantería de la biblioteca. De manera imperceptible, su habitación se iba adaptando a sus deseos y costumbres: muchas veces no notaba al principio los cambios en detalle, solo percibía que era más acogedora, colorida y cálida, hasta que, por ejemplo, se daba cuenta de que la colcha oriental bordada que una vez había admirado en un escaparate cubría la otomana, o de que la lámpara se había vuelto más luminosa con una pantalla de seda de color frambuesa. El ambiente ejercía sobre él una atracción creciente: le costaba salir de aquella casa en la que había encontrado un amigo apasionado en un muchacho de once años, y le agradaba mucho acompañarle con su madre al teatro o a conciertos. Sin que se diera cuenta, toda su actividad en las horas fuera del trabajo se desarrollaba en la suave luz de la luna que irradiaba la presencia tranquila de aquella mujer.

La había amado desde el primer encuentro, pero por más apasionadamente incondicional que prevaleciera ese sentimiento incluso en sus sueños, aún le faltaba el factor decisivo de un efecto conmovedor, a saber, la comprensión consciente de que aquello que, para excusarse ante sí mismo, seguía ocultando bajo el nombre de admiración, respeto y afecto era enteramente amor, un amor fanático, desatado y apasionadamente incondicional. Pero había en él un elemento servil que reprimía con fuerza esa comprensión: aquella mujer acorazada por la riqueza y cubierta de luz celestial le parecía demasiado lejana, demasiado elevada, demasiado apartada de todo lo que había conocido hasta entonces como femenino. Le hubiera parecido blasfematorio ante sí mismo reconocerla como sometida al sexo y a la misma ley de la sangre que las pocas mujeres que su juventud esclavizada le había permitido, aquellas sirvientas de la finca que abrieron una vez su puerta al preceptor, curiosas por ver si el hecho de tener estudios lo hacía diferente que el cochero o el peón, o las modistillas que se había encontrado en la penumbra de las farolas volviendo a casa. No, esto era otra cosa. Ella brillaba desde otra esfera sin concupiscencia, pura e intocable, ni siquiera en el más apasionado de sus sueños se atrevía a desnudarla. Infantilmente confuso, se había vuelto adicto al perfume de su presencia, y disfrutaba de cada movimiento como si fuera música, feliz con su confianza y continuamente temeroso de revelarle algo del sentimiento desmedido que le inspiraba, ese sentimiento que aún no tenía nombre, pero que ya se había consolidado hacía tiempo y traspasaba candente su intento de ocultarlo.

Pero el amor no adquiere su verdadera carta de naturaleza hasta el momento en que deja de debatirse dolorosamente como un embrión oscuro en el interior de uno y se atreve a nombrarse y reconocerse a sí mismo con todas las letras. Un sentimiento semejante, por más obstinadamente que quiera permanecer en estado de crisálida enmarañada, siempre llega un momento en que eclosiona, y entonces se precipita con estrépito redoblado desde lo más alto hasta lo más hondo del corazón sobresaltado. Eso fue lo que sucedió bastante tarde, en el segundo año de su estancia en la casa.

El consejero le llamó un domingo a su despacho. El hecho de que cerrara la puerta tras dedicarle un saludo fugaz y que diera por teléfono la orden de que nadie les molestara anunciaba claramente que se disponía a comunicarle algo especial. El viejo caballero le ofreció un puro mientras encendía ceremoniosamente el suyo, como si se tomara su tiempo para un discurso que por lo visto tenía cuidadosamente meditado. De entrada, comenzó con un agradecimiento detallado por sus servicios. Dijo que había incluso sobrepasado su confianza y cesión íntima, y que ni por un momento había tenido que arrepentirse, ni siquiera en las cuestiones más secretas, por haber creído en un aliado tan reciente. Ahora sucedía que el día anterior le había llegado de sus empresas de ultramar una importante noticia que no dudaba en confiarle: el nuevo proceso químico del que tenía conocimiento necesitaba enormes cantidades de determinados minerales, y un telegrama reciente daba noticia de que en México acababan de encontrar grandes yacimientos de esos metales. Ahora lo importante era la rapidez a fin de conseguir su explotación para la empresa, organizar en el lugar la financiación y el aprovechamiento, antes de que las multinacionales americanas se hicieran con la oportunidad. Para ello era necesaria una persona fiable y al mismo tiempo joven y enérgica. Para él personalmente el hecho de renunciar a su leal ayudante de confianza era un golpe doloroso; sin embargo, había considerado que era su deber proponerle en el consejo de administración como la persona más dotada y la única apropiada. Por lo demás, se sentiría personalmente resarcido por la certeza de poderle asegurar un futuro brillante. En los dos años que llevaría la instalación, no solo podría hacerse con una pequeña fortuna gracias a la espléndida dotación del puesto, sino que además se le reservaría para su regreso un puesto de directivo en la empresa.

—Y, sobre todo —terminó el consejero tendiendo la mano para darle la enhorabuena—, tengo el presentimiento de que un día se sentará usted aquí en mi lugar y llevará a buen término lo que yo, que ya me he hecho viejo, comencé hace tres décadas.

Semejante propuesta caída del cielo ¿cómo no iba a marear a alguien ambicioso como él? Por fin saltaba por los aires, como arrancada por una explosión, la puerta que le iba a permitir salir del sótano abovedado de la pobreza, del mundo sin luz del servicio y la obediencia, de la eterna posición encogida del obligado a pensar y conducirse con modestia; se quedó mirando absorto y codicioso los papeles y telegramas donde se iban formando, a partir de signos jeroglíficos, los grandes contornos inciertos del plan formidable. De repente, los números rugientes comenzaron a precipitarse encima de él, miles, cientos de miles, millones que había que administrar, calcular y ganar; era la atmós-fera ardiente del poder dominante a la que ascendía re-pentinamente narcotizado y con el corazón palpitante, desde la esfera servil y sofocante de su existencia, como en un globo de ensueño. Y además, no era solo dinero, no solo negocio, empresas, juego y responsabilidad, no... Un incomparable atractivo tentador se adueñó de él. Allí había desarrollo, creación, altas tareas, el oficio fecundo de promover algo grandioso a partir de las montañas donde el mineral solo esparcía un débil resplandor en el milenario sueño sin sentido de la roca, y ahora a perforar galerías, a erigir ciudades con edificios que crecen rápidamente, con calles de nuevo trazado, máquinas excavadoras y grúas que dan vueltas. Tras la maleza sin hojas de los cálculos, comenzó a florecer tropicalmente un nuevo mundo humano, con imágenes fantásticas y sin embargo plásticas, fincas, granjas, fábricas y almacenes; un mundo que él, mediante el ordeno y mando, tendría que colocar en mitad del vacío. El aire del mar, caldeado por la embriaguez de la distancia, invadió de golpe la habitación tapizada, los números iban escalando hasta alcanzar sumas fantásticas. Y en un vértigo de entusiasmo cada vez más arrebatador, que prestaba a cada decisión la encantadora forma del vuelo, todo quedó decidido a grandes rasgos, incluyendo el acuerdo en las cuestiones meramente prácticas Un cheque de una cantidad inesperada, destinado a los gastos del viaje, crujió de repente en su mano, y tras reiteradas promesas, se acordó la salida para dentro de diez días en el próximo vapor de la Línea del Sur. Todavía mareado por el torbellino de las cifras, tambaleante ante el remolino de las posibilidades excitantes, atravesó la puerta del despacho y permaneció durante unos segundos con la mirada perdida, preguntándose si toda aquella conversación no sería más que una fantasmagoría causada por su deseo sobreexcitado.

Un aleteo lo había elevado desde la profundidad a la esfera fulgurante de la plenitud, aún le hervía la sangre por el ascenso impetuoso y tuvo que cerrar los ojos por un instante para respirar hondo, estar a solas consigo mismo y disfrutar de su yo interior de manera más particular y poderosa. Eso duró un minuto, pero luego, cuando volvió a levantar los ojos como reanimado y su mirada recorrió la antesala conocida, quedó accidentalmente atrapado en una imagen que colgaba sobre el gran arcón: el retrato de ella. Lo miraba con los labios serenamente sinuosos y suavemente cerrados, sonriente y meditativa al mismo tiempo, como si hubiera entendido cada palabra de su interior. Y entonces, en ese instante, destelló de repente sobre su mente el pensamiento totalmente olvidado de que aceptar aquel puesto significaba también dejar aquella casa. ¡Dios santo, dejarla a ella! Eso rasgó como un cuchillo la vela orgullosamente hinchada de su alegría. Y en ese instante sin control en que quedó sorprendido, se desplomó sobre su corazón todo el andamio que había ido erigiendo artificialmente a cuenta de su traslado y, con una brusca sacudida en el músculo cardíaco, sintió cuán dolorosa y casi mortalmente lo desgarraba el pensamiento de quedar privado de ella. ¡Ella, Dios santo, dejarla a ella! ¿Cómo había podido pensarlo, cómo había podido decidirse, como si aún se perteneciera a sí mismo, como si no estuviera aquí cautivado por ella con todos los soportes y raíces del sentimiento? Un dolor elemental, físicamente espasmódico, irrumpió violentamente en todo su cuerpo, un golpe que estremeció todo su ser desde la bóveda del cráneo hasta el fundamento del corazón, un desgarro que iluminaba todo, como un relámpago en el cielo nocturno; y ahora, bajo esa luz cegadora, era inútil no reconocer que en cada nervio y cada fibra de su ser florecía el amor por ella, la amada. Y apenas pronunció sin voz esa palabra mágica, se precipitaron a través de su conciencia incontables asociaciones y recuerdos brillantes que deslumbraban su sentimiento con esa velocidad inexplicable que solo aviva el espanto más extremo, detalles que hasta entonces jamás se atrevió a admitir ni a explicar. Y fue entonces cuando comprendió que hacía meses que estaba completamente enamorado de ella.

¿No fue la pasada Semana Santa cuando, al haberse marchado ella durante tres días a casa de unos parientes, anduvo él a tientas de una habitación a otra, como alguien que se hubiera perdido, incapaz de leer un libro, trastornado e incapaz de decirse a sí mismo por qué? Y luego, la noche en que ella tenía que volver, ¿no estuvo él esperando despierto hasta la una para oír sus pasos? ¿No había espiado escaleras abajo en incontables ocasiones desde mucho antes, con impaciencia nerviosa, si por fin llegaba el coche? Se acordaba del escalofrío que le subía desde los dedos hasta la nuca cuando casualmente en el teatro su mano rozaba la de ella: centenares de pequeños recuerdos igualmente espasmódicos, naderías apenas conscientemente sentidas en su momento se precipitaban ahora, como a través de esclusas repentinamente abiertas, y resonaban tumultuosas en su conciencia y en su sangre, yendo a parar directamente a su corazón. Maquinalmente tuvo que apretar su mano contra el pecho de tan fuerte como le palpitaba, y ya era inútil, no podía impedirse confesar lo que su instinto, al mismo tiempo tímido y respetuoso, había disimulado tanto tiempo con toda suerte de cautelas: que ya no podía vivir sin su presencia. Dos años, dos meses, dos semanas, privado de esa dulce luz en su camino, sin estar presente en las encantadoras conversaciones vespertinas... No, no, no lo podría soportar. Y lo que diez minutos antes aún le llenaba de orgullo, su misión en México, el ascenso al poder creador, se le vino abajo en un instante, estalló como una reluciente pompa de jabón, no era más que lejanía, ausencia, destierro, exilio, aniquilación, una separación a la que no podría sobrevivir. No, no era posible... Y ya levantaba la mano temblorosa hacia la manilla de la puerta para entrar de nuevo en el despacho y anunciar al consejero que renunciaba, que no se sentía preparado para la tarea y prefería quedarse en casa. Pero entonces surgió el aviso del miedo: ¡ahora no! No había que revelar antes de tiempo el secreto que él mismo no había hecho más que empezar a descubrir. Y, cansado, apartó la mano del frío metal.

Levantó una vez más la vista hacia el retrato: los ojos parecían mirarle cada vez más profundamente, pero ya no halló ni rastro de la sonrisa en torno a la boca. ¿No lo miraba ella desde el retrato más bien seria, poco menos que triste, como si quisiera decirle: «Has pretendido olvidarme»? No soportaba aquella mirada pintada y, sin embargo, viva. Se fue dando traspiés a su habitación y se hundió en la cama, con un extraño sentimiento de horror, casi semejante al desvanecimiento, pero que estaba insólitamente transido de dulzura misteriosa. Repasó en la memoria con avidez todo cuanto había vivido en aquella casa desde el primer momento. Y todo, hasta el detalle más minúsculo, adquirió otro peso y lo vio bajo una luz diferente: todo quedó alumbrado por aquella iluminación íntima del conocimiento, todo se volvió ligero y se elevó

flotando en el aire calentado por la pasión. Recordó todas
las cosas buenas que había experimentado con ella. Aún
eran visibles a su alrededor las huellas que ella había
dejado; recorrió con la mirada las cosas que había tocado
su mano y todo conservaba algo de la dicha de su presencia: ella estaba presente en esas cosas, y él sentía cómo
perduraban sus reflexiones afectuosas en todos aquellos
objetos. Y esa certeza de las bondades que había tenido
con él se le impuso apasionadamente. Sin embargo, en lo
más profundo, por debajo de aquella corriente, había en
su ser algo que se resistía como una piedra, algo no
elevado, algo que no se apartaba y era preciso echar a un
lado para que su sentimiento pudiera fluir con toda libertad. Con suma cautela, se aproximó a tientas hacia esa
parte oscura de lo más profundo de su sentimiento;
después de todo, ya sabía de qué se trataba, pero no se
atrevía a abordarlo. Pero la corriente lo arrastraba una y
otra vez a ese punto y hacía que se planteara la misma
pregunta: ¿había afecto por parte de ella —no se atrevía a
decir amor— en todas aquellas pequeñas atenciones, y una
suave ternura, aunque fuera desapasionada, en la escucha
y protección que ella mostraba en su presencia? Esa
pregunta recorría sordamente todo su ser, oscuras oleadas
de sangre la hacían resonar una y otra vez, sin disminuir
su insistencia.

«¡Si al menos pudiera recordar con claridad!», se lamen-
taba, pero los pensamientos se entremezclaban demasiado
apasionadamente con sueños y deseos confusos, y con
aquel dolor que se removía sin cesar en lo más hondo de su
ser. Así permaneció echado en la cama, durante una hora o
tal vez dos, totalmente ausente y embotado por una mezcla

de sentimientos que lo narcotizaba, hasta que de repente una suave llamada en la puerta lo sobresaltó, un golpeo de nudillos cautelosos y finos que creyó reconocer. Saltó de la cama y se precipitó hacia la puerta. Ella estaba en pie y sonriente ante él.

—Pero, doctor, ¿por qué no viene usted? Ya han llamado dos veces a la mesa.

Lo dijo con un tono casi travieso, como si le hiciera gracia pillarlo en un descuido. Pero, en cuanto vio su rostro, con el pelo enmarañado y húmedo y los ojos confusamente evasivos y tímidos, ella misma se puso pálida.

—Por el amor de Dios, ¿qué le ha pasado a usted? —tartamudeó, y su tono desmayado de espanto no dejó de producirle a él algo cercano al placer.

—No, nada —dijo él, forzándose a toda prisa—. Estaba pensando. Es que todo este asunto me ha venido encima con demasiada rapidez.

—¿Qué asunto? ¿A qué se refiere? ¡Hable usted, por favor!

—¿No lo sabe usted? ¿No se lo ha dicho el señor consejero?

—¡No sé nada de nada! —insistió ella con impaciencia, casi trastornada por su mirada nerviosa, febril y evasiva—. ¿Qué ha pasado? ¡Dígamelo de una vez!

Entonces él tensó todos sus músculos para mirarla con firmeza y sin ruborizarse.

—El señor consejero ha tenido la bondad de encargarme una tarea de gran responsabilidad y la he aceptado. Salgo para México dentro de diez días... para dos años.

—¡Dos años! ¡Por el amor de Dios!

Fue un grito más que unas palabras; el terror, ardiente e imparable como un disparo, salía de lo más hondo de su ser.

Y en un gesto maquinal de rechazo, extendió las manos hacia atrás. Fue inútil que en el siguiente instante se esforzara por negar el sentimiento que había exteriorizado. Él ya tenía las manos de ella, apasionadamente abiertas por el miedo, entre las suyas (¿cómo sucedió?), y, antes de que se dieran cuenta, habían unido sus dos cuerpos temblorosos y llameantes, y bebieron, en un beso interminable, hasta saciar la sed y el deseo inconfesado de incontables días y horas.

Ni él la atrajo hacia sí ni ella a él; fueron llevados el uno al otro como arrebatados por una tempestad, precipitándose el uno con el otro, el uno en el otro, en una inconsciencia sin fondo, en la que el hundimiento era un desmayo dulce y al mismo tiempo ardiente... Un sentimiento demasiado tiempo reprimido se descargó en un solo segundo inducido por el imán de la casualidad. Y solo cuando sus labios pegados se fueron soltando, él la miró a los ojos, todavía asombrado por lo increíble de la situación, y vio que en ellos había una luz extraña detrás de la tenue oscuridad. Y fue entonces cuando le sobrevino la certeza arrebatadora de que aquella mujer, la amada, tuvo que haberlo amado a él desde mucho antes, semanas, meses, años antes, tiernamente callada, ardiendo maternalmente, hasta que aquella hora sonó en su alma. Y justamente lo increíble se convirtió en embriaguez: él, él, amado, y amado por ella, la inaccesible... Se abrió un cielo infinito y transido de luz, el mediodía radiante de su vida; pero, al mismo tiempo, aquel firmamento maravilloso se vino abajo, convertido un segundo después en hirientes cristales rotos. Porque esa revelación era a la vez una despedida.

Ambos pasaron los diez días anteriores a la partida en un estado de continuo delirio febril. La explosión repentina de su sentimiento reconocido había hecho saltar, con la fuerza inaudita de su presión, todos los frenos y diques de contención, todas las conveniencias y cautelas. Cuando se encontraban en un pasillo oscuro, tras una puerta, en una esquina, entre dos minutos robados, se acometían como ávidos animales en celo. La mano buscaba sentir la mano, el labio perseguía el labio, la sangre inquieta quería sentir a su hermana, todo deseaba febrilmente todo, cada nervio ardía por rozar la sensualidad del pie, la mano, el vestido y cualquier parte viva del otro cuerpo ansioso. Al mismo tiempo, tenían que comportarse con formalidad en casa; ella debía ocultar una y otra vez, ante su marido, su hijo y la gente del servicio, aquellas ternuras incendiarias; y él debía mantener su alta concentración para no cometer errores en los cálculos, informes y contabilidades que eran de su responsabilidad. Trataban de atrapar unos segundos: unos espasmódicos, furtivos y peligrosamente acechados segundos en los que aproximarse fugazmente con las manos, los labios, las miradas y los besos ávidamente conseguidos, y es que la mera presencia vaporosa, sofocante e inflamada del otro era embriagadora. Pero eso nunca era suficiente, ambos lo sentían así: nunca era suficiente. Así que se escribían notas abrasadoras; se deslizaban en las manos cartas locamente ardientes como si fueran escolares; por la noche, él las encontraba crujientes bajo la almohada insomne, ella, por su parte, en los bolsillos de su abrigo, y todas terminaban con el grito de angustia de la desventurada pregunta: ¿cómo soportar un mar, un mundo, meses incontables, semanas innumerables, dos años, entre sangre y sangre, entre mirada y mirada? No pensaban en otra cosa, no soñaban otra cosa, y ninguno de ellos conocía la respuesta, solo las manos, los ojos, los labios, aquellos siervos ignorantes de su pasión, saltaban una y otra vez, anhelando estar juntos, comprometerse íntimamente. Y, por eso, aquellos instantes robados en que se agarraban y enredaban espasmódicamente entre puertas entornadas, aquellos instantes temerosos rebosaban como una bacanal de placer y miedo simultáneos.

Pero a él, por más que lo anhelara, jamás se le concedió la total posesión del cuerpo amado, aunque lo sentía, tras el vestido insensible e inhibidor, apasionadamente pujante, desnudo y acalorado apretándose contra él... Jamás intentó una aproximación de verdad a aquel cuerpo, en aquella casa tan iluminada, siempre vigilada y llena de gente que espiaba. Solo el último día, cuando ella fue a su habitación que ya estaba recogida con la excusa de ayudarle a hacer el equipaje, pero en verdad para despedirse por última vez, y rota de deseo, mareada ante el ímpetu de la pretensión de él, tropezó con la otomana y cayó, cuando los besos del joven ya cubrían de ardor su pecho turgente y recorrían codiciosos la cálida piel blanca por debajo del vestido desgarrado hasta el lugar donde su corazón anhelante latía por él, entonces, cuando ella, en esos minutos de entrega, ya casi era suya con su cuerpo rendido, entonces... entonces balbuceó desde su emoción una última súplica:

—¡Ahora no! ¡Aquí no! Te lo ruego.

Y la propia sangre del joven seguía estando tan subordinada y sometida al sumo respeto a la que durante tanto tiempo había amado como a una santa que contuvo sus sentidos ya desbordados como un torrente y se apartó de ella, que se levantó tambaleante y se tapó la cara ante él. Y él mismo quedó estremecido y en lucha consigo mismo, dándole la espalda y, al mismo tiempo, tan presa de la tristeza de su decepción que ella sintió cuánto sufría por su ternura rechazada. Entonces volvió ella a ser dueña de su sentimiento, se le acercó y lo consoló en voz baja:

—¡No podría hacerlo aquí! ¡No aquí, en mi casa, en su casa! Pero, cuando vuelvas, siempre que quieras.

El tren se detuvo rechinando y lanzó un largo chillido bajo la tenaza de los frenos. La mirada del joven emergió de la ensoñación como un perro que se despierta bajo el látigo, pero..., ¡oh, qué feliz reconocimiento!, vio que ella seguía sentada, la amada, la que tanto tiempo estuvo alejada, allí sentada, sí, silenciosa y al alcance de la mano. El ala del sombrero arrojaba una penumbra tenue sobre su rostro echado hacia atrás. Pero, como si hubiera comprendido inconscientemente que él suspiraba por verlo, se levantó y se le acercó con una tierna sonrisa.

—Darmstadt —dijo, echando un vistazo hacia afuera—, aún queda una estación.

Él no contestó. Permanecía sentado y no hacía más que mirarla. El tiempo no tiene poder —pensó en su interior—, carece de poder contra nuestro sentimiento: han pasado nueve años y no ha cambiado en nada el tono de su voz, no hay un solo nervio de mi cuerpo que la oiga de manera distinta. Nada se ha perdido, nada se ha alterado de la tierna felicidad que, como entonces, me inspira su presencia.

Miró apasionado su boca serenamente sonriente, que apenas conseguía recordar haber besado alguna vez, y puso los ojos en sus manos que descansaban relajadas sobre su regazo: ¡con qué infinito gusto se hubiera inclinado y las hubiera rozado con los labios o, tal y como reposaban cruzadas, las hubiera tomado entre las suyas, durante un segundo nada más, un segundo! Pero aquellos señores tan habladores del compartimiento comenzaron a fijarse en él con curiosidad, y volvió a recostarse sin decir nada para ocultar su secreto. De nuevo quedaron quietos uno frente a otro, sin hacerse señas ni dirigirse la palabra, y solo sus miradas se besaban.

Fuera sonó un silbato, el tren se puso de nuevo en marcha, y su monotonía oscilante lo meció como una cuna de acero, haciéndole regresar a sus recuerdos. ¡Oh, los años oscuros e interminables entre entonces y hoy, el mar grisáceo entre puerto y puerto, entre corazón y corazón! Pero ¿cómo había sido? Guardaba en su interior cierto recuerdo que prefería no evocar, no traer de nuevo a la memoria aquel momento de la última despedida, aquel momento en el andén de la misma ciudad donde hoy la había esperado, mientras el corazón se le salía del pecho. No, mejor no evocarlo, fuera con él, no pensar más en eso, era demasiado terrible. Sus pensamientos se remontaban más atrás, más lejos: otro paisaje, otro tiempo se desplegaba soñador ante sus ojos arrancándolo del brusco traqueteo de las ruedas. Por entonces había partido para México con el alma desgarrada, y los primeros meses, las primeras semanas horribles antes de tener noticias de ella, solo fueron soportables a base de llenar el cerebro de cifras y proyectos, y de fatigar el cuerpo con cabalgadas y expediciones por el país, con negociaciones e investigaciones interminables que sin embargo se llevaban hasta el final. Se encerraba desde la mañana hasta la noche en aquella sala de máquinas de la empresa incesantemente activa, donde se martilleaban hasta la pulverización las cifras, los acuerdos y los escritos, solo para no oír cómo su voz interior clamaba desesperadamente un nombre, el nombre de ella. Se narcotizaba con el trabajo, como si fuera alcohol o veneno, solo para sofocar los sentimientos que eran más fuertes que él. Pero cada noche, por más cansado que estuviera, se sentaba a registrar hoja tras hoja, hora tras hora, todo lo que había hecho durante el día y, con cada correo, enviaba pilas enteras de esas cuartillas llenas de letra temblorosa a una dirección encubierta que habían acordado, para que la amada lejana pudiera tomar parte en cada hora de su vida, igual que en casa, y él sintiera en el pensamiento la tierna mirada posada en su labor diaria a través de miles de millas marinas, colinas y horizontes. Y las cartas que a su vez recibía se lo agradecían. Eran cartas con letra recta y palabras serenas que traslucían pasión, pero de manera contenida: narraban con seriedad, sin quejarse, el curso del día, y para él era como si sintiera fijos sus firmes ojos azules, no faltaba más que la sonrisa, aquella sonrisa levemente apaciguante que aligeraba toda gravedad. Esas cartas se convirtieron en la comida y bebida del solitario, las llevaba consigo apasionadamente en sus viajes por estepas y montañas. Hizo que le cosieran unos bolsillos especiales en la silla de montar para que estuvieran a resguardo de los chaparrones repentinos y la humedad de los ríos que tenían que vadear en las expediciones. Las leyó tantas veces que se las sabía de memoria, palabra por palabra, y las desdobló tantas veces que las partes plegadas se habían vuelto transparentes y algunas palabras se habían borrado por los besos y las lágrimas. Algunas veces, cuando estaba solo y sabía que no había nadie en derredor, se ponía a leerlas en voz alta pronunciándolas palabra por palabra con el tono de voz de ella, para invocar de ese modo mágico la presencia de la ausente. A veces, si pensaba

que se le había pasado por alto una palabra, una frase, una
fórmula final, se levantaba de repente en mitad de la noche,
encendía la luz para volver a dar con ella y entonces
ensoñaba con la imagen de la mano de su amada a través de
sus rasgos de escritura, y partiendo de la mano, el brazo, el
hombro, la cabeza y, la figura entera transportada hasta allí
a través de mares y continentes. Y a semejanza de un
leñador en la selva, acometía con furia desatada y toda su
energía el tiempo salvaje, impenetrable y todavía amenazador
que tenía por delante, impaciente por ver la luz, el vislumbre
del regreso, la hora del viaje, la perspectiva del mil veces
imaginado primer abrazo del reencuentro. En su casa de
madera de la recién creada colonia de trabajadores,
construida a toda prisa y cubierta de hojalata, colgó un
calendario sobre su cama toscamente tallada y cada noche,
muchas veces a mediodía cuando le vencía la impaciencia,
tachaba el día trabajado, y contaba y volvía a contar la serie
negra y roja restante, cada vez más corta: cuatrocientos
veinte, cuatrocientos diecinueve, cuatrocientos dieciocho
días hasta el regreso. Porque no contaba como las demás
personas desde el nacimiento de Cristo, sino siempre en
función de un momento determinado, la hora del regreso.
Y cada vez que esa fecha caía en un número redondo, el
cuatrocientos, el trescientos cincuenta o el trescientos, o
cuando era el cumpleaños de ella, el día de su santo, o
algún otro secreto día festivo, como la primera vez que se
vieron, o aquel día en que ella le reveló su sentimiento...
concedía sin falta a la asombrada gente de su entorno, que
no era sabedora de nada, una especie de celebración.
Obsequiaba con dinero a los hijos mugrosos de los mestizos
y con aguardiente a los trabajadores, para que armaran

jaleo y saltaran como potros pardos salvajes. Se ponía su traje de los domingos y mandaba traer vino y las mejores conservas. Y luego ondeaba al viento una bandera, una llamarada de alegría, y venían vecinos y ayudantes que le preguntaban con curiosidad qué santo o especial ocasión celebraba, pero él se limitaba a sonreír y decía:

—¿Qué os importa a vosotros? ¡Alegraos conmigo!

Así pasaron semanas y meses, y así se mataron de trabajar un año, y luego medio año más. Ya no faltaban más que siete minúsculas semanas de nada para la fecha determinada para el regreso. Hacía mucho tiempo que, en su impaciencia desmesurada, había calculado la partida en barco y, para asombro del empleado de la naviera, reservado y pagado su camarote en el *Arkansas* con cien días de antelación. Entonces llegó aquel día catastrófico que no solo rasgó sin compasión su calendario sino que hizo trizas con indiferencia millones de destinos y esperanzas. Un día catastrófico: por la mañana temprano, el agrimensor había subido cabalgando a la montaña desde la llanura de color amarillo azufrado, con dos capataces encabezando una tropa de trabajadores indígenas con caballos y mulas, para inspeccionar un nuevo punto de perforación en un lugar donde se sospechaba que había magnesita. Durante dos días martillearon, excavaron, machacaron y buscaron, mientras caían a plomo sobre ellos los rayos de un sol implacable que, incidiendo en ángulo recto sobre las piedras desnudas, rebotaban una segunda vez contra ellos. Pero él azuzaba como un poseso a los trabajadores, sin siquiera permitir que sus lenguas sedientas se aplacaran en el pozo de agua excavado a toda prisa a cien pasos..., quería regresar al correo y ver las cartas de ella, sus palabras. Y cuando al tercer día aún no habían alcanzado la profundidad y la prueba no se había concluido, le sobrevinieron la manía insensata por ver su mensaje y la sed por beber sus palabras de un modo tan enloquecedor que decidió cabalgar de regreso a solas durante toda la noche, con el único propósito de recoger una carta que tenía que haber llegado con el correo del día anterior. Dejó atrás con indiferencia a los demás en la tienda, y cabalgó toda la noche por la peligrosa y oscura senda de herradura, acompañado solo por un sirviente, hasta la estación de ferrocarril. Pero, cuando por fin llegaron por la mañana a la pequeña localidad, congelados por el frío helador de las montañas rocosas en sus caballos que echaban vaho, les sorprendió un espectáculo inusual. Los pocos colonos blancos del lugar habían dejado su trabajo y rodeaban la estación en medio de un remolino de mestizos e indígenas que gritaban, preguntaban y miraban boquiabiertos. Costaba trabajo atravesar la aglomeración de gente excitada. Fue en la oficina donde se enteraron de la noticia insospechada. Habían llegado telegramas desde la costa: Europa estaba en guerra, Alemania contra Francia, Austria contra Rusia. No lo podía creer; clavé las espuelas en los flancos de su jamelgo tropezón con tanta rabia que el animal espantado se encabritó relinchando y salió al galope hacia el edificio de la autoridad local, para enterarse de una noticia todavía más deprimente: todo era cierto y aún peor, Inglaterra también había declarado la guerra y cerrado para Alemania el tráfico marítimo internacional. Un telón de acero había caído por tiempo indefinido entre uno y otro continente.

En vano golpeó la mesa con el puño cerrado en un primer arrebato rabioso, como si de esa manera quisiera agredir a lo invisible: de igual modo se enfurecían millones de personas impotentes contra los muros de la cárcel del destino. Enseguida sopesó todas las posibilidades de pasar ilegalmente al otro lado, fuera con astucia o a la fuerza, para dar jaque al destino..., pero el cónsul inglés, presente por casualidad en el lugar y con el que tenía amistad, le dejó claro, con una advertencia prudente, que estaba obligado a vigilar todos sus pasos en lo sucesivo. Así que no le quedaba más consuelo que la esperanza, que no tardó en defraudar a millones de otras personas, de que semejante desvarío no podría durar mucho; en unas semanas, en unos meses, aquella patochada de diplomáticos y generales descontrolados habría terminado. A ese aguardiente flojo de la esperanza pronto le prestó un efecto más próspero y narcotizante otro elemento: el trabajo. Por cablegrama a través de Suecia, recibió el encargo de su empresa de independizar la razón social y convertirla en compañía mexicana mediante testaferros para evitar un posible embargo. Eso exigía la máxima energía en la culminación del proyecto porque también la guerra, ese empresario imperioso, necesitaría mineral de las minas. De modo que había que acelerar la explotación e intensivar la actividad. Eso ponía en tensión todas las energías y se imponía a cualquier pensamiento arbitrario. Trabajaba doce, catorce horas al día, con una obstinación fanática, para luego, por la noche, abatido por aquella catapulta de números, caer en la cama fatigado, inconsciente y sin soñar.

Sin embargo, pese a todo ello y mientras creía seguir afianzado en su sentimiento, la tensión pasional se fue relajando en su interior. No está en la esencia de la naturaleza humana vivir solo de recuerdos, y así como las plantas y cualquier criatura necesitan la energía nutricia del suelo, y la luz una y otra vez filtrada del cielo, para que sus colores no palidezcan y sus cálices no se marchiten perdiendo los pétalos, de igual modo los propios sueños, esos que no parecen ser terrenales, necesitan cierta alimentación de sensaciones, una ayuda suplementaria sutil y plástica, porque de otro modo su sangre se coagula y su luminosidad se desvanece. Así le sucedió también a este joven apasionado antes de que él mismo se diera cuenta... Cuando en semanas, meses y finalmente en un año, y luego en otro más, no recibió de ella ni un solo mensaje, ninguna palabra escrita, ninguna señal de vida, entonces comenzó poco a poco a difuminarse su imagen. Cada día quemado en el trabajo depositaba unas pocas partículas de ceniza sobre el recuerdo, que aún seguía candente como las brasas rojas bajo la parrilla, pero al final la capa gris se iba haciendo cada vez más gruesa. Aún se ponía alguna vez a leer las cartas, pero la tinta había palidecido, las palabras ya no resonaban en su interior, y llegó a asustarse al ver su fotografía porque ya no podía acordarse del color de sus ojos. Y cada vez era más rara la ocasión en que sacaba aquellos testimonios que en otro tiempo fueron tan preciosos y mágicamente vivificadores, sin saber que ya estaba cansado de su eterno silencio y de la conversación sin sentido con una sombra que no daba respuesta alguna. Además, la empresa rápidamente formada había atraído a gente y a compañeros. Él buscaba compañía, buscaba amigos, buscaba mujeres. Y cuando, en el tercer año de la guerra, un viaje de negocios lo llevó a casa de un gran comerciante alemán de Veracruz, y conoció allá a su hija, discreta, rubia y hogareña, le sobrevino el miedo a estar continuamente solo en medio de un mundo que se venía abajo a causa del odio, la guerra y la locura. Se decidió enseguida y se casó con la muchacha. Luego vino un hijo y siguió un segundo, flores vivas y primorosas sobre la tumba olvidada de su amor. Y así fue como quedó el círculo cerrado. Afuera, la actividad ruidosa; adentro, la paz doméstica. Y, al cabo de cuatro o cinco años, ya no supo más de aquel hombre que había sido antes.

Pero entonces llegó un día, un día arrebatado con un gran repique de campanas, en el que los hilos telegráficos vibraron, y en todas las calles de la ciudad resonaron voces jubilosas, mientras letras grandes como puños proclamaban el mensaje de que por fin se había firmado la paz. Un día en que los ingleses y americanos del lugar lanzaron hurras con un brío renovado y cantaron sin freno desde todas las ventanas celebrando la destrucción de la patria de él... Aquel día, desgarrado por todos los recuerdos de su país recién caído en la desgracia y de nuevo amado, también se alzó en él la figura de ella y se hizo obligadamente un sitio en su sentimiento. ¿Cómo le habría ido durante todos esos años de pobreza y privaciones que aquí los periódicos detallaban con amplitud y regocijo burlesco? ¿Se habría salvado su casa, que también fue de él, de las revueltas y saqueos? ¿Vivirían su marido y su hijo? Se levantó en mitad de la noche del lado de su mujer que respiraba con placidez, encendió la luz y escribió durante cinco horas, hasta el alba, una carta interminable en la que le contaba a ella toda su vida a lo largo de aquel lustro, en un monólogo para sí mismo. Dos meses más tarde, ya se había olvidado de su propia carta cuando llegó la respuesta. Sopesó indeciso el sobre voluminoso en las manos, conmovido por la letra tan íntimamente familiar. No se atrevió a romper el lacrado enseguida, como si el sobre cerrado contuviera algo prohibido, a semejanza de la caja de Pandora. Lo llevó consigo en el bolsillo del pecho, sin abrirlo, durante dos días; y, a veces, sentía cómo su corazón palpitaba contra él. Pero la carta carecía de toda familiaridad entrometida y también de formalismos fríos: respiraba inmutable en rasgos de escritura tranquila la misma solicitud tierna que a él le hacía tan feliz. Su marido había muerto nada más comenzar la guerra, lo cual casi se atrevía a no lamentar, porque así se había ahorrado ver su empresa amenazada, su ciudad ocupada y la pobreza de su pueblo embriagado con la victoria antes de tiempo. Ella y su hijo tenían buena salud y se alegraba mucho de saber que a él le iba bien, mucho mejor que a ella misma. Le felicitaba con palabras claras y sinceras por su matrimonio. Sin querer, él la leía con cierta desconfianza en el corazón, pero no había ninguna doblez ni tono oculto que empañara su nítida valoración. Todo estaba dicho con limpieza, sin ninguna exageración ostentosa ni emoción sentimental, todo el pasado parecía disuelto sin residuos en una simpatía que continuaba obrando su efecto sobre él, la pasión se había esclarecido luminosamente para convertirse en amistad cristalina. Nunca esperó otra cosa de su nobleza de corazón, sin embargo, al sentir aquella manera de ser clara y firme, seria pero sonriente, que reflejaba su bondad (de repente le parecía estar viendo de nuevo sus ojos), le sobrevino una especie de emoción agradecida. Se sentó de inmediato y le escribió largo y tendido, de modo que la costumbre, tanto tiempo echada de menos, de intercambiar informes sobre sus respectivas vidas se retomó con naturalidad. En eso, la repentina irrupción de la tempestad en el mundo no había conseguido destruir nada.

Ahora veía con profunda gratitud la forma nítida de su vida. Él había ascendido, la empresa prosperaba, sus hijos crecían e iban pasando, poco a poco, de criaturas que florecían tiernamente a seres que le hablaban, jugaban y miraban amistosamente alegrándole las veladas. Y del pasado, de aquel incendio de su juventud que le atormentó y en el que se consumieron sus noches y días, venía ahora una luz tranquila y benévola de amistad, sin exigencia ni peligro. Así que, al encontrarse dos años más tarde en Berlín por encargo de una compañía americana para negociar una patente química, en Alemania, fue para él una idea natural ir a saludar en persona a la mujer antes amada y ahora convertida en amiga. Apenas llegó a Berlín, lo primero que hizo fue pedir en el hotel que le pusieran en contacto telefónico con Fráncfort: le pareció simbólico que el número no hubiese cambiado en aquellos nueve años. «Es un buen presagio —pensó—, nada ha cambiado». Entonces sonó con descaro el timbre del aparato sobre la mesa, y de repente se echó a temblar con el presentimiento de volver a oír su voz, después de años y años, su voz traída a través de campos, fincas, casas y chimeneas, convocada por su llamada, acercada por encima de las millas, los años, el agua y la tierra. Y apenas dijo su nombre cuando ella le replicó de sopetón, con un grito sobresaltado de sorpresa asombrada: «Ludwig, ¿eres tú?», que vibró primero en su sentido del oído y de inmediato bajó golpeando su ventrículo repentinamente estancado de sangre..., entonces algo se incendió súbitamente en él, le costaba trabajo seguir hablando, el ligero auricular temblaba en su mano. Aquel tono claramente sobresaltado por estar sorprendida, aquel sonoro golpe de alegría debió de haber tocado algún nervio oculto de su vida porque sintió que la sangre le zumbaba en las sienes y le costaba entender sus palabras. Y, sin que él lo supiera ni quisiera, como si alguien se lo hubiera susurrado, prometió lo que no sabía que iba a decir: que pasado mañana iría a Fráncfort. Y, con eso, se acabó su tranquilidad. Despachó los negocios a toda prisa, desplazándose en automóvil para cerrar los acuerdos con mayor celeridad. Y, cuando a la mañana siguiente despertó y recordó el sueño de esa noche, lo supo: había vuelto a soñar con ella por primera vez al cabo de años, de cuatro años.

Dos días más tarde, después de anunciarse con un telegrama, se acercaba a su casa por la mañana tras una noche heladora cuando lo notó de repente al mirar sus propios pasos: «Este no es mi paso, no es mi paso de siempre, mi paso firme, derecho, constante y seguro. ¿Por qué vuelvo a caminar como el muchacho apocado y miedoso de veintitrés años que era entonces, el que vuelve a andar avergonzado y a sacudir el polvo de su chaqueta desgastada con los dedos temblorosos, y se cubre las manos con guantes nuevos antes de tocar el timbre? ¿Por qué me palpita el corazón de repente? ¿Por qué estoy cohibido? En aquel entonces, tuve la premonición secreta de que el destino se agazapaba tras estas puertas de bronce para tratarme con ternura o maldad. Pero hoy, ¿por qué me encojo, por qué esta inquietud creciente vuelve a deshacer todo lo sólido y seguro en mí?».

En vano se esforzó por entrar en razón, evocó en su memoria a su mujer, sus hijos, su casa, su empresa, el país extranjero. Pero todo aquello se esfumaba como arrastrado por una niebla fantasmal: una vez más se sentía solo y como un suplicante, como el muchacho desmañado ante la cercanía de ella. Y su mano apoyada en el picaporte de metal se volvió temblorosa y ardiente.

Pero, nada más entrar, desapareció la extrañeza, porque el viejo sirviente demacrado y enjuto casi tenía lágrimas en los ojos.

—¡El señor doctor! —balbució ahogando un sollozo.

Y él, que a su vez se conmovió con el viejo, no pudo menos que pensar: «Ulises, los perros en casa te reconocen: ¿te reconocerá la dueña?». Pero ya el portero se había apartado, y ella misma salió a su encuentro con los brazos abiertos. Se miraron durante el instante en que sus manos estuvieron entrelazadas. Una pausa breve, pero llena de magia, para la comparación, la observación, el contacto físico, la reflexión fogosa, la dicha avergonzada y la felicidad de sus miradas que enseguida volvían a esconderse. Solo en ese momento se resolvió el interrogante en una sonrisa y la mirada en un saludo familiar. Sí, seguía siendo ella, aunque un poco mayor, se le rizaba a la izquierda un mechón plateado en su cabello, como siempre peinado a raya, y aquel brillo plateado prestaba una expresión un tanto más serena y seria a su rostro dulce y familiar. Y él sintió la sed de los años interminables justamente ahora, al beber aquella voz suave, que el dialecto melodioso hacía tan íntima, con la que lo saludó:

—¡Qué amable por tu parte haber venido!

¡Cómo sonaba, limpio y libre, como si fuera un diapasón que da el tono cuando se pulsa! Ahora la conversación tenía su acento y su apoyo, las preguntas y las respuestas se coordinaban como la mano derecha y la mano izquierda sobre el teclado, resonando con claridad la una en la otra. Toda la opresión y la inhibición que se habían acumulado se diluyeron con la primera palabra de su presencia. Mientras ella hablaba, todo su pensamiento la obedecía, pero apenas se calló, sumida en la reflexión, y quedó pensativa con los párpados caídos que no permitían verle los ojos, se deslizó a través de él como una sombra de pies ligeros la pregunta repentina: «¿No son esos los labios que besaba?». Y cuando después ella lo dejó solo por un momento en la habitación para atender al teléfono, el pasado rebelde irrumpió de todas partes agolpándose en él. Mientras reinó la clara presencia de ella, aquellas voces vacilantes se empequeñecieron, pero ahora cada sillón y cada cuadro tenían unos labios sutiles y todos le hablaban en un susurro inaudible que solo para él era inteligible y evidente. «En esta casa he vivido —no pudo menos que pensar—, ha quedado algo de mí, aún hay algo aquí de aquellos años, todavía no he llegado allí, aún no estoy del todo en mi mundo».

Ella entró de nuevo en la habitación, naturalmente de buen humor, y las cosas volvieron a empequeñecerse.

—Desde luego, te quedas a comer, Ludwig —dijo con naturalidad jovial.

Y se quedó, permaneció todo el día a su lado y, mientras conversaban, ambos volvían la vista atrás, hacia los años pasados. Y a él solo le parecieron reales ahora que ella se refería a ellos. Y cuando finalmente se despidió, besó su mano maternalmente dulce y cerró la puerta tras de sí, le pareció como si nunca se hubiera marchado.

En cambio, por la noche, solo en la habitación extraña del hotel, con la única compañía del tictac del reloj a su lado y, en medio del pecho, un corazón por momentos más impetuoso, aquel sentimiento de calma desapareció. No podía dormir; se levantó y encendió la luz, y la volvió a apagar, para seguir acostado e insomne. No podía dejar de pensar en sus labios y que los había conocido de una manera distinta que en aquella familiaridad de dulce elocuencia. Y de repente, se dio cuenta de que toda aquella serenidad locuaz entre ellos era mentira, de que había algo sin cumplir ni resolver en su relación, y de que toda aquella amistad no era más que una máscara artificialmente abierta sobre un rostro nervioso, agitado y desconcertado por la inquietud y la pasión. Demasiado tiempo, demasiadas noches junto a la hoguera allí en su cabaña, demasiados años, demasiados días había imaginado ese reencuentro de otra manera —echarse uno en brazos del otro, el abrazo ardiente, la entrega final, la ropa que cae— como para que esa conducta amistosa, esa charla cortés y mutuo descubrimiento fuera algo del todo verdadero. «Somos un actor y una actriz frente a frente —se dijo—, pero ninguno engaña al otro. Seguro que esta noche ella duerme tan poco como yo».

A la mañana siguiente, cuando volvió a su casa, a ella tuvo que llamarle enseguida la atención la falta de aplomo y lo desconcertado de su actitud, así como su mirada esquiva, porque se mostró confundida en sus primeras palabras y luego ya no pudo recuperar aquel equilibrio despreocupado en la conversación. Se producían altibajos, pausas y tensiones que era preciso superar con una presión forzada. Había entre ellos algo invisible en lo que se estrellaban las preguntas y respuestas como murciélagos contra la pared. Y ambos notaban que hablaban pasando por alto o evitando algo entre ellos. Y al final, de tanto dar traspiés en ese circunloquio cauteloso de las palabras, la conversación se agotó. Él lo advirtió a tiempo y, cuando ella lo invitó otra vez a comer, se excusó diciendo que tenía una entrevista urgente en la ciudad.

Ella lo lamentó mucho y con sinceridad; en su voz había de nuevo un atisbo del calor tímido de la cordialidad. Pero, con todo, no se atrevía a retenerlo en serio. Mientras lo acompañaba a la salida, se miraban de reojo nerviosos. Algo les rechinaba en los nervios, la conversación tropezaba una y otra vez en lo invisible que los iba acompañando, de habitación en habitación, de palabra en palabra, crecía poderosamente y ya les cortaba la respiración. De modo que fue un alivio cuando él, de pie ante la puerta, se echó por encima el abrigo. Pero de repente se dio la vuelta con decisión.

—La verdad es que quería pedirte otra cosa antes de irme.

—Pide lo que quieras. ¡Estaré encantada! —dijo con una sonrisa iluminada por la alegría de poder concederle un deseo.

—Puede que sea un disparate —dijo con la mirada vacilante—, pero seguro que lo comprenderás: me gustaría volver a ver mi habitación, la habitación en la que viví dos años. He estado todo el tiempo abajo, en el recibidor y en la habitación de invitados, y fíjate, si ahora regresara a mi hogar de ultramar, no tendría la sensación de haber estado en casa. Conforme se hace uno viejo, busca su propia juventud y encuentra una alegría tonta en pequeños recuerdos.

—¡Tú hacerte viejo! —le replicó con una alegría casi desbordante—. ¡Mira que eres presumido! ¡Mejor será que me mires a mí, con este mechón gris en el pelo! ¡Aún eres un crío a mi lado y pretendes hablar de envejecer: déjame ese pequeño privilegio! Pero ¡qué olvido por mi parte no ha-

berte llevado enseguida a tu habitación! Porque sigue siendo tu habitación. No encontrarás nada cambiado: en esta
casa no cambia nada.

—Espero que tú tampoco —dijo tratando de bromear,
pero cuando ella lo miró, él mismo le puso sin querer ojos
tiernos y cálidos.

—Se envejece, pero se sigue siendo la misma persona —replicó ella con un ligero rubor.

Subieron a su habitación. Ya al entrar, tuvo lugar una pequeña incomodidad: ella retrocedió después de abrir para
cederle el paso y, a causa del simultáneo movimiento de
cortesía que hicieron ambos, sus hombros chocaron fugazmente entre sí ante la puerta. Sin querer, los dos retrocedieron sobresaltados, pero ya ese roce tan fugaz cuerpo contra
cuerpo bastó para sumirlos en el desconcierto. A ella la hacía vacilar una muda confusión paralizante que, en aquella
estancia vacía y sin ruido, se sentía doblemente. Se apresuró nerviosa hacia el tirante de la ventana para levantar las
cortinas y que entrara más luz sobre la oscuridad que estaba como agazapada en las cosas. Pero apenas cayó el repentino chaparrón de claridad, fue como si todos los objetos
adquirieran de repente el sentido de la vista y se agitaran
en un sobresalto de inquietud. Todas las cosas se adelantaron significativamente y pusieron de relieve un recuerdo
inoportuno. Aquí el armario que su mano solícita solía or-
denar secretamente para él, ahí la estantería que se llenó de
libros adquiridos con toda la intención para atender a sus
más fugaces deseos, allí la cama —aún sensualmente elo-
cuente— bajo cuya cubierta extendida él tuvo que enterrar
innumerables sueños con ella. Allá en la esquina, la otomana —su recuerdo ardiente lo fulminó— donde ella se le esca-

bulló de las manos en aquella ocasión; en todas partes percibía él, inflamado por la pasión ahora ardiente y recrudecida, signos y mensajes de ella, de la misma que ahora estaba en pie a su lado, respirando tranquila, poderosamente extraña, con la mirada desviada e inaccesible. Y ese silencio, que reposaba denso y embolsado en la estancia desde hacía años, sobresaltado ahora por la presencia de las personas, se hinchó de manera imponente y agobiaba como aire a presión sus pulmones y corazones oprimidos. Algo había que decir, algo tenía que empujar a un lado aquel silencio para que no los ahogase... Los dos lo sentían. Y ella lo hizo... dándose de repente la vuelta.

—¿No es verdad que está todo exactamente igual que antes? —comenzó a decir con la firme intención de expresar algo indiferente y despreocupado, aunque su voz era temblorosa y sonaba como ronca.

Pero él no acusó recibo del tono obsequioso de la conversación, sino que, al contrario, apretó los dientes.

—¡Sí, todo! —un repentino estallido de rabia brotó como una ráfaga entre sus dientes—. ¡Todo está como antes menos nosotros! ¡Nosotros no!

Ella sintió sus palabras como un mordisco y se dio la vuelta espantada.

—¿Cómo puedes decir eso, Ludwig?

Pero no encontró su mirada. Porque sus ojos ya no buscaban los suyos, sino que estaban clavados, a la vez mudos y ardientes, en sus labios, los labios que él no había rozado desde hacía años y años pero que antes fueron carne que ardía sobre su carne, esos labios que él probó, húmedos y por dentro, como una fruta. Ella comprendió molesta la sensualidad de su forma de mirar, el rubor asomó a su rostro rejuveneciéndola misteriosamente, de modo que a él le pareció la misma que entonces a la hora de la despedida en la misma habitación. Con toda la intención, ella intentó una vez más no darse por enterada de lo evidente a fin de mantener lejos de sí aquella mirada absorbente y peligrosa.

—¿Cómo puedes decir eso, Ludwig? —repitió; pero, más que una pregunta que espera respuesta, era una petición de que no se lo explicara.

Entonces hizo él un movimiento firme y decidido y clavó en ella su mirada con fuerza masculina.

—No quieres entender, pero sé que me entiendes. ¿Te acuerdas de esta habitación... y te acuerdas de lo que me prometiste en esta habitación... cuando volviera...?

Le temblaron los hombros y una vez más intentó rechazarlo.

—Deja eso, Ludwig... Eso son cosas pasadas, no las toquemos. ¿Dónde quedó ese tiempo?

—Ese tiempo está en nosotros —contestó él con firmeza—, en nuestra voluntad. He esperado nueve años mordiéndome los labios. Pero no me he olvidado de nada. Y te pregunto, ¿todavía te acuerdas?

—Sí —lo miró con más calma—, tampoco yo lo he olvidado.

—¿Y quieres...? —tuvo que tomar aliento para que sus palabras recobraran fuerza—, ¿quieres cumplirlo?

De nuevo surgió una oleada de rubor que le llegó hasta el nacimiento del cabello. Se acercó a él con un propósito tranquilizador.

—¡Ludwig, piensa lo que haces! Has dicho que no has olvidado nada. Pero no olvides que soy prácticamente una anciana. Con el cabello gris ya no hay nada que desear ni nada que ofrecer. Te lo ruego, deja en paz el pasado.

Pero a él le sobrevino una especie de placer en mostrarse firme y decidido.

—Me rehúyes —insistió—, pero he esperado demasiado tiempo. Te pregunto, ¿te acuerdas de tu promesa?

—¿Por qué me lo preguntas? —Su voz vacilaba en cada palabra—. No tiene ningún sentido lo que te pueda decir en este momento, ahora que es demasiado tarde para todo. Pero, ya que lo pides, te contestaré. No habría podido negarte nada, siempre he sido tuya, desde el día en que te conocí.

Vio cómo seguía erguida, incluso en la confusión, qué clara, qué auténtica, sin cobardía, sin evasivas, siempre la misma, la amada, maravillosamente reservada en todo momento, cerrada y abierta al mismo tiempo. Sin darse cuenta, se acercó. Pero ella, apenas vio lo impetuoso de su movimiento, lo rechazó rogándole:

—Y ahora ven, Ludwig, ven, no nos quedemos aquí, vayamos abajo. Es mediodía, en cualquier momento puede entrar la doncella a buscarme, no podemos quedarnos aquí más tiempo.

Y la fuerza de su carácter dobló la voluntad de él de un modo tan irresistible que obedeció sin chistar, exactamente igual que en el pasado. Bajaron al recibidor, siguieron por el pasillo y llegaron a la puerta, sin aventurar una sola palabra y sin mirarse. Junto a la puerta, él se volvió de repente hacia ella.

—Ahora no puedo hablarte, perdóname. Te escribiré.

Ella le sonrió agradecida.

—Sí, escríbeme, Ludwig, es mejor así.

Y en cuanto llegó a su habitación del hotel, se precipitó a la mesa y le escribió una larga carta que se iba arrebatando palabra a palabra, página a página, cada vez más compulsivamente arrastrada por aquella pasión que había sido rechazada a última hora. Le decía que ese iba a ser su último día en Alemania en meses, en años, quizá para siempre, y que no quería ni podía dejarla con la mentira de la conversación fría y la reunión conveniente obligada a la insinceridad, y que quería y tenía que hablarle otra vez a solas, liberados de la casa, del miedo, del recuerdo y del ahogo de los espacios vigilados y disuasorios. Así que le proponía que lo acompañara en el tren de la tarde a Heidelberg, donde ambos estuvieron brevemente en una ocasión, hacía una década, entonces aún extraños entre sí y, sin embargo, ya emocionados por la intuición de su cercanía íntima: pero hoy sería la despedida, la última, la más profunda, la que él todavía anhelaba. Le pedía esa tarde, esa noche. Selló la carta a toda prisa y la envió con un recadero a su casa. Al cabo de un cuarto de hora, estaba de vuelta con un pequeño sobre amarillo sellado. Lo rasgó con manos temblorosas, adentro no había más que una nota: unas palabras con su firme letra decidida, escrita a toda prisa y sin embargo enérgicamente trazada:

«Lo que me pides es una locura, pero nunca pude ni podré negarte nada. Voy».

El tren ralentizó su marcha, una estación con sus luces parpadeantes le ordenó reducir la velocidad. Sin querer, la vista del soñador se alzó de su íntima distracción y buscó ante sí para reconocer tiernamente a la figura soñada, recostada en el claroscuro y dirigida hacia él. Sí, estaba ahí, ella, la siempre fiel, la amante silenciosa, había venido con él, a donde él... que clavaba los ojos una y otra vez en lo tangible de su presencia. Y, como si algo en ella hubiera sentido en la distancia esa búsqueda de su mirada, ese roce tímido y cariñoso, se irguió y miró por la ventanilla tras la que pasaba corriendo, húmedo y oscuramente primaveral, un paisaje borroso.

—Tendríamos que llegar enseguida —dijo, como para sí misma.

—Sí —suspiró profundamente él—. Se ha hecho demasiado largo.

Él mismo no sabía si con esas palabras de queja se refería al viaje o a los largos años pasados hasta ese momento: su sentimiento se mecía en la confusión entre sueño y realidad. No sentía más que las ruedas traqueteantes que corrían debajo de él hacia alguna parte, al encuentro de cierto instante que él no podía precisar a causa de su extraño letargo. No, no pensar en eso. Solo dejarse llevar al encuentro de algo misterioso por una fuerza hondamente invisible, sin responsabilidad y con los miembros relajados. Era una especie de expectación nupcial, dulce y sensual, pero también oscuramente mezclada con el miedo previo del cumplimiento, ese temor místico cuando de repente algo infinitamente anhelado se aproxima al corazón asombrado. No, no había que pensar en nada, ni querer nada, ni moverse, solo quedarse así, arrebatado soñadoramente hacia lo incierto, llevado por un flujo extraño, no tocándose y sin embargo sintiéndose, deseándose y no llegando a alcanzarse, balanceándose hacia el destino y devueltos al propio ser. Solo había que permanecer así, todavía durante unas horas más, durante una eternidad, en ese crepúsculo prolongado, envuelto en sueños; mientras tanto ya se iba perfilando, como una tenue inquietud, la idea de que eso acabaría pronto.

Pero acá y allá empezaban ya a centellear como luciérnagas, a un lado y otro, chispas eléctricas cada vez más brillantes en el valle, farolas emparejadas en dobles filas rectas; los raíles rechinaban, y ya se arqueaba, distinguiéndose de la oscuridad, una cúpula pálida de vapor más luminoso.

—Heidelberg —dijo levantándose uno de los señores a los demás.

Los tres recogieron sus repletos maletines de viaje y se apresuraron a salir del compartimiento para estar cuanto antes en la salida. Las ruedas frenadas traquetearon a tirones en el relé de la estación; hubo una fuerte sacudida, se interrumpió la marcha y las ruedas rechinaron por última vez como un animal atormentado. Durante un segundo, ambos se quedaron sentados uno frente al otro, como asustados por la súbita realidad.

—¿Ya hemos llegado? —preguntó ella con involuntario tono de alarma.

—Sí —contestó él, y se puso en pie—. ¿Puedo ayudarte?

Ella lo rechazó y se apresuró a salir delante. Pero una vez más se paró en el estribo del vagón. Como si estuviera ante agua helada, su pie vaciló un instante antes de bajar. Luego dio un salto y él la siguió sin decir nada. Después, ambos se quedaron un momento juntos y parados en el andén, desamparados, extraños y penosamente conmovidos, mientras la pequeña maleta se balanceaba pesadamente en la mano de él. Entonces, la máquina, que comenzaba de nuevo a resoplar, soltó un repentino bufido estridente de vapor junto a ellos. Ella se estremeció y luego lo miró pálida, con los ojos confusos e inseguros.

—¿Qué te pasa? —preguntó él.

—¡Lástima, era tan hermoso! Íbamos viajando, sin más. Por mí, habría seguido así, horas y horas, viajando.

Él guardó silencio. En ese instante, había pensado exactamente lo mismo. Pero aquello ya había quedado atrás, y ahora tenía que pasar algo.

—¿No nos vamos? —preguntó él con cautela.

—Sí, sí, vámonos —murmuró ella de manera casi ininteligible.

Sin embargo, se quedaron parados los dos, uno junto al otro, cada cual a su aire, como si algo se hubiera roto en ellos. Solo al rato (él olvidó tomarla del brazo), se encaminaron indecisos y desconcertados hacia la salida.

Salieron de la estación, pero apenas pasaron la puerta, les asaltó un rugido como una tormenta, redoblado con tambores y estridencias de silbidos, un resonante estruendo masivo...: una manifestación patriótica de asociaciones de militares y estudiantes. Murallas andantes escuadradas en filas de cuatro por cuatro y empavesadas de banderas, hombres con atuendo militar marcando el paso ruidosamente como un solo hombre, con la nuca rígida y echada para atrás, con resolución enérgica y la boca abierta de par en par para el cántico, a una sola voz, un paso y un ritmo. En la primera fila, generales, dignatarios de pelo blanco cubiertos de condecoraciones, flanqueados por la juventud portadora de gigantescas banderas verticales, enhiestas, levantadas con rigidez atlética, calaveras, cruces gamadas y viejos estandartes imperiales ondeando al viento; todos sacaban pecho y avanzaban la frente como si marcharan contra las baterías enemigas. Las masas, como empujadas por un puño táctico, desfilaban geométricamente ordenadas guardando la distancia trazada exactamente a compás y marcando el paso, con todos los nervios tensos de fervor y la mirada amenazadora en la cara, y cada vez que una nueva escuadra de veteranos, de jóvenes del pueblo, o de estudiantes, pasaba delante del estrado levantado donde la percusión de los tambores machacaba acero en un yunque invisible, con ritmo tenaz, un impulso rígidamente militar recorría la multitud de cabezas: una voluntad de ejecutar vista a la izquierda tiraba de las nucas y las banderas se inclinaban como guiadas por hilos ante el jefe militar que presidía con aspereza y cara de piedra el desfile de civiles. Imberbes, con barba en flor o mellados con arrugas, trabajadores, estudiantes, soldados o muchachos, todos tenían en ese instante la misma cara, con la dura mirada resueltamente encolerizada, el mentón levantado exhibiendo la obstinación y el gesto invisible de empuñar la espada. Y el fragor del tamboreo, doblemente enardecedor en su monotonía, martilleaba pertinaz una y otra vez, de destacamento en destacamento, volviendo rígidas las espaldas y duras las miradas... Fragua de la guerra y la venganza erigida invisiblemente en un lugar apacible bajo un cielo dulcemente sobrevolado por nubes benignas.

—¡Qué locura! —balbució para sí mismo, en su sorpresa—. ¡Qué locura! ¿Qué quieren? ¿Otra vez, otra vez?

¿Otra vez esa guerra que justamente a él le había destrozado la vida? Contempló aquellos rostros jóvenes con un extraño escalofrío, se quedó mirando aquella oscura masa andante en filas de a cuatro, aquella cinta de película cuadrada que se desenrollaba desde el oscuro callejón de una cámara oscura, y cada rostro que enfocaba estaba igualmente rígido por el terco fanatismo, y era una amenaza, un arma. ¿A qué venía aquella estruendosa amenaza estirada en una suave tarde de junio y metida a martillazos en una ciudad amablemente soñadora?

—¿Qué quieren? ¿Qué quieren?

Se le seguía atragantando esa pregunta. Acababa de sentir el mundo con claridad y sonoridad cristalina, soleado de ternura y amor, había sido envuelto en una melodía de bondad y confianza cuando, de repente, aquella insolente marcha masiva lo pisoteaba todo, ceñida con correaje militar, con mil voces y mil caras y, sin embargo, respirando al unísono, en un grito y en una mirada, odio, odio, odio.

Sin querer, se agarró del brazo de ella para sentir algo cálido, amor, pasión, bondad, compasión, un sentimiento tierno y calmante; pero los tambores le partían por la mitad la tranquilidad íntima, y ahora que las mil voces se unían amenazadoramente en un himno guerrero incomprensible, que temblaba la tierra bajo el paso marcado y que el aire explotaba de los repentinos gritos de hurra de la tropa descomunal, era para él como si se le rompiera algo íntimamente tierno y vibrante ante aquella amenaza poderosa y ruidosamente amenazante de la realidad.

Un leve roce a su lado lo sobresaltó: los dedos enguantados de la mano de ella advertían con ternura a la suya que no se crispase tan ferozmente en un puño. Entonces él desvió su mirada detenida... ella lo miraba suplicante sin palabras, solo notaba en el brazo un suave tirón apremiante.

—Sí, vámonos —murmuró, recomponiendo su porte.

Levantó los hombros como para defenderse de algo invisible y se abrió paso con ímpetu a través de la gelatinosa masa humana diseminada que, como él mismo, estaba parada, muda y hechizada ante el avance incesante de las legiones militares. No sabía a dónde iba a toda prisa, solo quería salir de aquel tumulto estrepitoso, fuera de allí, de aquel sitio donde el fragor de un mortero machacaba a ritmo implacable todo lo ligero y soñador que había en él. Nada más que irse y estar a solas con ella, nada más que eso, sentir su aliento bajo la bóveda oscura de un techo, mirarla a los ojos sin ser molestado, disfrutar de estar solos, lo que se había prometido en sueños innumerables y ahora casi se lo había llevado a rastras esa ola humana que se arremolinaba en el grito y el paso, y se arrollaba a sí misma una y otra vez.

Su mirada escudriñaba nerviosa las casas, todas ellas empavesadas de banderas, entre las cuales algunas anunciaban empresas con letras doradas y otras, una pensión. De repente notó el leve tirón de la pequeña maleta en la mano: ¡hacer una parada en algún sitio, estar en casa, a solas! ¡Comprarse un puñado de tranquilidad, un espacio de unos pocos metros cuadrados! Y como si fuera una respuesta a sus deseos, en una elevada fachada pétrea resaltaba el nombre brillante y dorado de un hotel, y frente a ellos se alzaba su portal acristalado. Acortó el paso y contuvo el aliento. Se paró poco menos que conmovido y, sin querer, se soltó del brazo de ella.

—Este debe de ser un buen hotel, me lo han recomendado —mintió, tartamudeando en su confusión nerviosa.

Ella retrocedió espantada, su pálido rostro enrojeció, sus labios se movieron y quisieron decir algo... quizá lo mismo que diez años antes, aquel sobresaltado: «¡Ahora no! ¡Aquí no!».

Pero entonces vio la mirada que él le dirigía, miedosa, cariacontecida, nerviosa, y entonces inclinó la cabeza en señal de acuerdo sin palabras y le siguió hasta el umbral de la entrada a pasos pequeños y desanimados.

En el rincón de la recepción del hotel, con su gorra de colores y engreído como el capitán en su puesto responsable de vigía del barco, estaba el portero dándose importancia tras su cobertizo, que marcaba las distancias. No dio un paso en dirección a los dos titubeantes que entraban, apenas se dignó lanzar una ojeada de tasación fugaz y menospreciativa al pequeño neceser. Se quedó esperando y hubo que acercarse a él, que de repente volvía a parecer muy ocupado con las grandes páginas abiertas de la gigantesca libreta. Hasta que el solicitante de admisión no estuvo delante de él, no alzó la mirada fría y lo examinó con rigor de experto:

—¿Han hecho reserva los señores? —para contestar a la negativa que casi se reconocía culpable con un nuevo cambio de página—. Me temo que está todo ocupado. Hoy teníamos consagración de banderas, pero... —añadió clemente— veré qué se puede hacer.

Poder darle una en la cara a aquel sargento engalanado, pensó amargamente el humillado que, al cabo de una década, volvía a sentirse por primera vez un intruso mendicante y suplicante de gracia. Pero entretanto el engreído había finalizado su examen meticuloso.

—La número 27 acaba de quedar libre, una habitación de dos camas, si les interesa.

¿Qué cabía más que decir un sordo y rencoroso «bien»? Y enseguida su mano inquieta tomó la llave que le presentaban, impaciente por poner una pared silenciosa entre él mismo y aquella persona. Entonces, la voz severa instó desde atrás una vez más.

—Regístrense, por favor.

Y se le puso delante una hoja rectangular, dividida en diez o doce epígrafes que tenía que cumplimentar, estado civil, nombre, edad, procedencia, residencia y nacionalidad, las preguntas entrometidas de la administración a toda persona física. Despachó el trámite enojoso a vuelapluma, solo cuando tuvo que consignar el nombre de ella, falsamente unido en matrimonio al suyo (lo que en otro tiempo había sido su deseo más secreto), el lápiz liviano le tembló desmañadamente en la mano.

—Aquí aún falta la duración de la estancia —reclamó el implacable, al tiempo que examinaba lo escrito y señalaba con un dedo carnoso el epígrafe todavía vacío.

«Un día», trazó rabioso el lápiz. El excitado cumplimentador del registro sintió su frente húmeda y tuvo que quitarse el sombrero porque aquel aire extraño le agobiaba.

—Primera planta, a la izquierda —indicó, saltando ágilmente, un mozo cortés y diligente cuando él, agotado, se volvió hacia un lado. Pero él únicamente la buscaba a ella, que, durante todo el proceso, había permanecido en pie e inmóvil, penosamente interesada por un anuncio de una velada dedicada a Schubert por una cantante desconocida; sin embargo, mientras duró su inmovilidad, recorría sus hombros una ola temblorosa como el viento sobre un prado. Él notó avergonzado su agitación forzosamente contenida: «¿Para qué la he arrancado de su tranquilidad, trayéndola aquí?», pensó sin querer. Pero ya no había vuelta atrás.

—Ven —la apremió con suavidad.

Ella se separó del curioso anuncio, sin darle la cara a él, y marchó por delante en la escalera, despacio y trabajosamente, arrastrando los pies: «como una anciana», pensó él involuntariamente.

No lo pensó más que un segundo, mientras ella se esforzaba por subir aquellos pocos peldaños con la mano en la barandilla, y de inmediato rechazó la idea horrible. Pero algo frío y doloroso quedó en el lugar de la sensación violentamente rechazada.

Por fin estaban arriba, en el pasillo: aquellos dos minutos de silencio habían durado una eternidad. Había una puerta abierta, era su habitación. La empleada del servicio todavía manipulaba adentro con el trapo del polvo y la escoba.

—Un momento, enseguida la dejo lista —se disculpó—. Acabo de recoger la habitación, pero los señores pueden entrar ya; solo me falta traer ropa de cama limpia.

Entraron. En la estancia cerrada, el aire enrarecido, denso y dulzón, olía a jabón de aceite de oliva y a humo frío de cigarrillos, aún andaba agazapado por los rincones el rastro informe de gente extraña.

La cama doble, revuelta, indecente y quizá todavía caliente de humanidad, estaba en medio, como sentido y finalidad ostensible de la estancia. A él le dio asco aquella evidencia y, sin pensarlo, escapó hacia la ventana y la abrió. El aire húmedo y blando entremezclado con el ruido amortiguado de la calle hinchó las cortinas, que retrocedieron meciéndose lentamente. Permaneció junto a la ventana abierta y miró con fijeza los tejados ya crepusculares. ¡Qué horrible era aquella habitación! ¡Qué vergonzoso estar allí! ¡Qué decepcionante, después de tantos años de anhelar estar juntos, aquello que ni él ni ella hubieran deseado tan brusco y obscenamente crudo! Tomó aire tres, cuatro, cinco veces —las fue contando—, mirando afuera, temeroso de la primera palabra, y después —no, aquello no sirvió de nada— se forzó a darse la vuelta. Y, tal y como lo había presentido, como había temido, ella estaba petrificada en su abrigo gris, con los brazos colgantes y como plegados, en medio de la habitación, como algo que no pertenecía al lugar y que solo merced a un azar violento, por equivocación, había ido a parar a aquella estancia repulsiva. Se había quitado los guantes con la intención evidente de depositarlos, pero sin duda le daba asco dejarlos en cualquier lugar de aquella habitación, así que se balanceaban en sus manos como vainas vacías. Sus ojos estaban paralizados como detrás de un velo de mirada absorta, pero cuando él se dio la vuelta, fluyeron hacia él en súplica torrencial. Y él comprendió.

—¿No vamos a... —la voz se tropezaba con el aliento contenido—, no vamos a pasear un poco? ¡Esto es tan sofocante...!

—¡Sí..., sí!

La afirmación le salió como si estuviera liberada y el miedo hubiera soltado sus cadenas. Enseguida, su mano agarró el pomo de la puerta. Él la siguió más despacio y vio que sus hombros temblaban como los de un animal que se ha escapado de unas garras mortales.

La calle esperaba caliente y abarrotada de gente que aún se movía inquieta en la estela del desfile triunfal, así que doblaron una esquina hacia calles más tranquilas, por el camino del bosque, el mismo que les condujo una década antes al castillo en una excursión dominical.

—¿Te acuerdas? Era domingo... —dijo él, involuntariamente de viva voz.

Y ella, que por lo visto iba meditando íntimamente el mismo recuerdo, respondió en voz baja.

—No he olvidado nada de lo vivido contigo. Otto iba con un compañero de la escuela y se adelantaron impetuosos... Poco faltó para que los perdiéramos en el bosque. Yo le llamé e insistí para que volviera, pero lo hice de mala gana, porque me urgía estar a solas contigo. Pero en aquel entonces éramos extraños el uno para el otro.

—Y hoy... —intentó bromear él.

Pero ella permaneció callada. «No tenía que haberlo dicho —pensó él sordamente—. ¿Qué me impulsa a comparar todo el tiempo hoy con ayer? Pero ¿por qué no le hace gracia nada de lo que digo? Siempre se pone en medio aquel entonces, el tiempo pasado».

Iban subiendo en silencio. Por debajo de ellos, las casas se iban difuminando en un resplandor tenue, el río serpenteante resaltaba cada vez más claramente sus meandros en el valle crepuscular, mientras en lo alto los árboles susurraban y la oscuridad caía sobre ellos. No se cruzaban con nadie, solo les precedían sus sombras silenciosas. Y cada vez que una farola iluminaba sus figuras desde lo alto, las sombras se fundían ante ellos como si se abrazaran, se ensanchaban deseando formar una sola figura cuerpo con cuerpo, y luego volvían a apartarse, para empezar de nuevo, mientras ellos caminaban sueltos respirando hondamente. Él miraba hechizado aquel juego curioso, aquella huida y fusión, y vuelta a separarse, de aquellas figuras inanimadas, cuerpos de sombra, que sin embargo no eran más que reflejo de ellos mismos. Miraba con curiosidad morbosa la fuga y el entrelazado de aquellas figuras sin ser, y casi olvidaba a la persona viva que tenía a su lado sobre la imagen fluida y fugitiva. No pensaba en nada concreto y, sin embargo, sentía oscuramente que ese juego tímido le avisaba de algo, de algo que estaba en él como un pozo hondo que ahora se ponía en ebullición de manera inquietante, como si el brocal del pozo del recuerdo se acercara a algo rebosante de desasosiego y amenaza. ¿Qué era...? Puso todos sus sentidos en tensión. ¿Qué le recordaba aquel paseo de las sombras en el bosque dormido? Tenían que ser palabras, una situación, algo experimentado, oído, sentido, algo oculto en una melodía, enterrado muy profundamente, que no había tocado en años y años.

Y, de golpe, se abrió una grieta destellante en la oscuridad del olvido: eran palabras, un poema que ella le leyó una tarde en la habitación. Un poema, sí, en francés; recordó las palabras y, como traídas por un viento cálido, le subieron de repente a los labios, y escuchó al cabo de una década aquellos versos olvidados de un poema extranjero en su voz:

> *Dans le vieux parc solitaire et glacé*
> *Deux spectres cherchent le passé.*

Y apenas centellearon aquellos versos en su memoria, se formó con rapidez mágica una imagen completa: la lámpara ardiendo con su luz dorada en el salón oscurecido donde ella le leyó un atardecer el poema de Verlaine. La veía en la penumbra de las sombras de la lámpara, tal y como estuvo entonces sentada, cerca y lejos a la vez, amada e inaccesible, y sintió de repente a su corazón de entonces palpitando de emoción, y empezó a oír su voz oscilando sobre la onda sonora del verso y diciendo en el poema —aunque no fuera más que en el poema— las palabras «nostalgia» y «amor», cierto que en un idioma extranjero y dirigidas igualmente a un extraño, pero aun así embriagadoras por oírlas en aquella voz, su voz. ¿Cómo había podido olvidar durante años ese poema, aquel atardecer en que estaban solos en casa y, confusos por estarlo, huyeron de la conversación de compromiso al campo más amable de los libros, donde a veces relumbraba explícita la confesión del sentimiento íntimo como la luz entre la maleza, brillando de manera incomprensible pero dando felicidad sin presencia? ¿Cómo pudo olvidarlo tanto tiempo? Pero, también, ¿cómo es que había vuelto de repente ese poema perdido? Sin querer, pronunció los versos, traduciéndolos para sí mismo:

En el viejo parque solitario y helado
dos espectros buscan el pasado.

Y, en cuanto los dijo, también los entendió. La clave penosa y brillante era de evidencia palmaria: la asociación que había arrancado del pozo dormido de los recuerdos, justamente ese que, de repente, le parecía tan sensualmente nítido, habían sido las sombras sobre el camino; ellas removieron y despertaron aquellas palabras de ella. Sí, pero es que había más. Y con un súbito escalofrío tuvo la sensación del reconocimiento terrible del sentido de las palabras proféticas: esas sombras eran ellos mismos que buscaban su pasado y dirigían preguntas estúpidas a un entonces que ya no era real, sombras, sombras, que querían estar vivas y ya no podían; ni ella ni él eran ya los mismos y se buscaban con un afán frustrado, rehuyéndose y reteniéndose con esfuerzos inanes y marchitos, como aquellos espectros oscuros ante sus pies.

Debió de soltar un gemido sin darse cuenta, porque ella se volvió:

—¿Qué te pasa, Ludwig? ¿En qué estás pensando?

Pero él se limitó a declinar la pregunta.

—¡En nada! ¡En nada!

Y solo estuvo atento a lo más hondo de su ser, volviendo a aquel entonces, por si aquella voz, la profética del recuerdo, quería hablarle de nuevo y revelarle el presente con el pasado.

El pago de la deuda atrasada

Dear old Ellen:

Te sorprenderá, ya lo sé, recibir una carta mía después de tantos años; hará cinco o puede que incluso seis desde que te escribí la última vez. Creo que fue una felicitación, cuando se casó tu hija menor. Esta vez el motivo no es tan festivo, y quizá llegues a encontrar extraña mi necesidad de hacerte partícipe, justamente a ti, de un curioso encuentro. Pero lo que me sucedió hace unos pocos días solo te lo puedo contar a ti. Nadie más que tú puede entenderlo.

Se me para sin querer la pluma al escribirte esto. Yo misma no puedo menos que sonreírme un poco. ¿No nos habremos dicho mil veces el mismo «solo tú puedes entenderlo» la una a la otra, cuando éramos unas chicas inexpertas e inquietas de quince y dieciséis años, en el banco del colegio o en el camino a casa, y nos confiábamos nuestros secretos infantiles? ¿Y no nos juramos solemnemente entonces, en aquella edad de la inocencia, que nos haríamos saber mutuamente, sin dejarnos ningún detalle, todo lo relativo a cierta persona? Hoy hace más de un cuarto de siglo de todo eso, pero lo que se juró una vez hay que procurar cumplirlo. Y ahora, aunque sea con retraso, vas a ver que soy fiel a la palabra dada.

La cosa sucedió así. Ese año había pasado una temporada difícil y agotadora. Mi marido fue destinado como jefe médico al gran hospital de R; entretanto mi yerno se fue a Brasil con su mujer en viaje de negocios y nos dejó los tres hijos en casa que inmediatamente contrajeron la escarlatina, uno tras otro, y yo tuve que cuidarlos... Y aún no se había recuperado el último cuando murió la madre de mi marido. Todo aquello nos sucedía a la vez. Al principio, pensé que podría sobrellevarlo con entereza, pero de algún modo me costó más de lo que creía, porque un día me dijo mi marido, después de mirarme un rato en silencio:

—Margaret, ahora que afortunadamente los niños han recuperado la salud, me parece que deberías hacer algo por la tuya propia. Pareces agotada y te has excedido. Tendrías que pasar una temporada de dos o tres semanas en el campo, en algún sanatorio, y volverás a sentirte bien.

Mi marido tenía razón. Me encontraba totalmente agotada, más de lo que quería admitir. Lo notaba en que, a veces, cuando venía gente —y teníamos numerosos compromisos y visitas desde que mi marido asumió el cargo—, al cabo de una hora ya no me enteraba de lo que decían, olvidaba cada vez con mayor frecuencia las más sencillas tareas del hogar, y por la mañana me costaba un gran esfuerzo levantarme de la cama. Mi marido, con su mirada clara de profesional de la medicina, debió de constatar con acierto esa fatiga física y anímica. En realidad no necesitaba más que catorce días de descanso. Catorce días sin pensar en la cocina, la colada, las visitas, el trajín diario; catorce días de estar sola, siendo una misma y no solo madre, abuela, ama de casa y esposa del médico. Casualmente, mi hermana viuda tenía entonces tiempo para venir a nuestra casa. De modo que todo estaba listo para mi ausencia y yo no tenía reparo alguno en seguir el consejo de mi marido e irme de casa sola por primera vez en veinticinco años. Hasta esperaba con cierta impaciencia la frescura renovada que aquel descanso me iba a proporcionar. Solo en un punto discrepaba de la propuesta de mi marido, a saber, la estancia en un sanatorio, aunque él mismo me había escogido uno, de cuyo dueño era amigo de juventud. Porque allí había mucha gente conocida, lo que significaba seguir siendo cortés y sociable. Y yo deseaba estar a solas catorce días, con libros, paseando, soñando y durmiendo sin interrupciones; catorce días sin teléfono ni radio; catorce días de silencio; catorce días conmigo misma sin ser molestada, por decirlo así. De manera inconsciente, hacía años que no deseaba nada con tanta intensidad como aquel absoluto silencio y reposo.

Entonces me acordé de que una vez, en Bolzano, donde mi marido ejerció en una época como asistente médico, subí en una caminata de tres horas a un pueblecito perdido en las montañas. Allí, en la minúscula plaza del mercado enfrente de la iglesia, había una posada rural del estilo tan frecuente en Tirol, con el primer piso de grandes sillares de piedra bajo el alero de madera del tejado y un amplio mirador, todo ello rodeado de una parra que, entonces, como era otoño, rodeaba la casa de una especie de fuego rojo que sin embargo no dejaba de ser refrescante. A izquierda y derecha se agazapaban, como perros fieles, pequeñas casitas y amplios graneros, pero la casa se presentaba a pecho descubierto, libre bajo las blandas nubes onduladas del otoño, y se asomaba al infinito panorama de las montañas.

En aquel entonces me quedé nostálgica y casi fascinada ante la pequeña posada. Sin duda, tú misma has experimentado el hecho de ver una casa, desde el tren o en una excursión, y tener la repentina idea: ¿por qué no vivir ahí? Ahí podría yo ser feliz. Creo que todo el mundo tiene alguna vez esa idea, y, cuando se ha mirado largo rato una casa con el deseo secreto de poder ser feliz en ella, su imagen plástica se graba en la memoria con todos sus trazos. Durante años y años, estuve acordándome de las macetas con flores rojas y amarillas ante las ventanas, y de la galería de madera en el primer piso, donde solía ondear al viento la colada tendida como banderolas abigarradas, y de las contraventanas pintadas de amarillo sobre fondo azul, con pequeños corazones recortados en medio, y del caballete del tejado con el nido de cigüeñas. A veces, cuando sentía cierta inquietud en el corazón, me acordaba de esa casa. Ir allí por un día, pensaba de esa manera entre soñadora y medio inconsciente en que se piensa en las cosas imposibles. ¿No tenía en ese momento la mejor oportunidad para cumplir ese deseo casi olvidado? ¿No era justamente eso lo apropiado para los nervios agotados, esa casa de colores en la montaña, esa posada sin todas las comodidades cargantes de nuestra época, sin teléfono, sin radio, sin visitantes ni compromisos? Ya en cuanto la evoqué en el recuerdo me pareció estar respirando el aroma penetrante y aromático del aire de la montaña y oyendo el lejano campaneo de los cencerros de las vacas sueltas. Solo con recordarla me daba la impresión de que recobraba el ánimo y mejoraba mi salud. Era una de esas ocurrencias que parecen sorprendernos sin motivo, pero que en realidad son emanaciones de deseos largamente reprimidos y que aguardan bajo tierra. Mi marido, que no sabía cuántas veces había soñado yo con esa casita que había visto una vez hacía años, se sonrió al principio, pero me dijo que me informara allí mismo. Me respondieron que las tres habitaciones para huéspedes estaban vacías y que podía elegir la que quisiera. Mejor aún, pensé: ni vecinos, ni conversaciones, y partí de inmediato en el siguiente tren nocturno. A la mañana siguiente me llevó monte arriba, con mi escaso equipaje, un pequeño cabriolé rural tirado por un solo caballo a trote lento.

Encontré todo tan excelente como lo había podido desear. La habitación relucía luminosa con sus muebles sencillos de clara madera de pino, y desde la galería, que la ausencia de otros huéspedes convertía en algo exclusivo para mí, el panorama se dilataba hasta el infinito. Un vistazo a la cocina, impecablemente fregada, reluciente y limpia, me mostró, como ama de casa experimentada, que iba a estar atendida de manera excelente. La posadera, una tirolesa de pelo gris, enjuta y amable, me aseguró repetidamente que no tenía que temer estorbo ni molestia alguna por parte de los parroquianos. Cada atardecer, después de las siete, venían a la posada sin falta el oficinista, el comandante de los carabineros y algunos otros vecinos a tomarse su vino, jugar a las cartas y charlar. Pero eran todos gente silenciosa y a eso de las once se volvían a sus casas. Los domingos, después de misa, y acaso también por la tarde, había algo más de animación, porque los campesinos bajaban de las corralizas y las granjas. Pero en mi habitación apenas me enteraría de nada de eso.

El día amaneció demasiado hermoso como para quedarme mucho rato en mi habitación. Deshice mi escaso equipaje, pedí que me preparasen un trozo de buen pan moreno de pueblo y unas lonchas de fiambre y me lancé a caminar por los prados subiendo cada vez más. Ante mí se extendía el panorama sin límite, el valle con su río espumoso y las copas de los bosques de abetos, todo libre como yo misma. Notaba que el sol penetraba por los poros de mi piel y caminé sin parar, una hora, dos, tres, hasta llegar a la más elevada de las praderas alpinas. Allí me tendí en el musgo blando y cálido, y noté que me sobrevenía una gran paz, con el zumbido de las abejas y el suave y rítmico susurro del viento, esa paz que tanto tiempo había anhelado. Cerré los ojos con agrado y caí en una ensoñación sin darme cuenta de que me dormía. No desperté hasta que noté una sensación de frío en mis miembros. Casi ya caía la tarde, así que debí de haber dormido unas cinco horas. Fue entonces cuando me di cuenta de lo cansada que había estado. Pero mi sangre y mis nervios habían recuperado la frescura. Así que regresé a la pequeña posada, marchando a enérgicas y ágiles zancadas, en dos horas.

La posadera me estaba esperando en la puerta. Se había preocupado un poco, por si me había perdido, y se ofreció a prepararme la cena en el acto. Yo estaba muerta de hambre, no recuerdo haber estado tan hambrienta en años, y la seguí gustosa a la pequeña sala de la posada. Era una estancia baja y oscura, con paneles de madera, y acogedora con sus manteles de cuadros rojos y azules, sus colgadores de cuerno de gamuza y sus escopetas cruzadas en la pared. Y aunque la poderosa estufa de cerámica azul no estaba encendida ese día cálido de otoño, el local irradiaba una acogedora calidez familiar. También los parroquianos me agradaban. En una de las cuatro mesas se sentaban el oficial de la gendarmería, el recaudador de impuestos y el administrativo, que jugaban a las cartas, cada uno con su jarra de cerveza al lado. En la otra, unos campesinos de rostros bronceados y enérgicos, encorvados y apoyados en los codos. Como todos los tiroleses, hablaban poco y se limitaban a fumar sus largas pipas de porcelana. Se notaba que habían trabajado todo el día y no hacían más que reposar, demasiado cansados para pensar, demasiado cansados para hablar, gente honrada, de buena fe, cuyos rostros como tallados en madera daba gusto mirar. En la tercera mesa se sentaban unos arrieros que bebían a pequeños sorbos su fuerte aguardiente, también ellos cansados e igualmente callados. La cuarta mesa estaba dispuesta para mí, y enseguida se cargó con un asado de tamaño tan desmesurado que, en otras circunstancias, apenas habría podido comerme la mitad, si no hubiera tenido el hambre voraz y saludable que el aire fresco de la montaña había despertado en mí.

Me había bajado un libro de mi habitación para leer, ¡pero era tan agradable estar sentada en aquella sala tranquila entre personas amigables, cuya proximidad no agobiaba ni molestaba! De vez en cuando se abría la puerta, entraba un niño rubio y se llevaba una jarra de cerveza para sus padres, o un campesino entraba de paso y vaciaba un vaso en el mostrador. Vino una mujer a charlar en voz baja con la posadera que zurcía en el mostrador los calcetines de sus hijos o nietos. Había un ritmo maravillosamente tranquilo en todo aquel ir y venir que entretenía la vista y no agobiaba el corazón, y yo me sentía estupendamente bien en esa atmósfera agradable.

Así estuve un rato sentada, soñadora y sin pensar en nada, cuando, a eso de las nueve de la noche, se abrió de nuevo la puerta, pero esta vez no del modo lento y calmado propio de los demás campesinos. Se abrió de golpe de par en par y el hombre que entró, en lugar de cerrarla enseguida, se quedó un momento parado en el umbral, como si aún no hubiera decidido del todo si iba a entrar. Solo después dio un portazo, más fuerte que los demás, miró para todos los lados y saludó con un profundo y sonoro:

—¡Muy buenas a todos, señores míos!

Me llamó la atención aquel saludo un tanto rebuscado e impropio de los campesinos. En una posada tirolesa no se acostumbraba a saludar con el urbano «señores míos», y de hecho aquella salutación pomposa no pareció despertar gran entusiasmo entre los parroquianos de la posada. Nadie miró, la posadera siguió zurciendo tranquilamente los calcetines grises de lana, y solo de la mesa de los arrieros se gruñó un débil e indiferente «buenas», en respuesta que, por el tono, igualmente pudo querer decir «que te lleve el diablo». A nadie pareció llamarle la atención la particularidad de aquel huésped, pero el forastero no se dejó confundir por aquella recepción poco amable. Colgó lenta y gravemente su sombrero de ala gastada, un tanto demasiado ancho y nada campesino, en uno de los colgadores de cuerno de gamuza, y luego paseó la mirada de mesa en mesa, sopesando en cuál de ellas se iba a sentar. De ninguna salió una palabra de invitación. Los tres jugadores de cartas se abismaron con raro celo en sus naipes, los campesinos en sus bancos no hicieron el menor amago de juntarse para hacerle sitio, y yo misma, un tanto incomodada por el extraño comportamiento, y temiendo la locuacidad de aquel forastero, abrí a toda prisa mi libro.

Al extraño no le quedó más remedio que ir a tientas, con un paso llamativamente pesado y torpe, hacia el mostrador.

—Una cerveza, bella señora posadera, espumosa y fresca —pidió levantando bastante la voz.

De nuevo me llamó la atención aquel tono inusualmente patético. Me parecía que, en una posada rural tirolesa, semejante forma retorcida de hablar estaba fuera de lugar. Y en la posadera, aquella buena señora tan mayor, no había nada, ni lo más remoto, que pudiera justificar aquel cumplido. Como era de esperar, aquella forma de dirigirse a ella no le causó la menor impresión. Sin contestarle, cogió una de las jarras anchas de loza, la enjuagó con agua, la secó con un trapo, la llenó con cerveza del barril y la empujó sobre el mostrador hacia él, no diría que de manera descortés pero sí con total indiferencia.

Como la lámpara redonda de petróleo colgaba de su cadena ante el mostrador justo encima de él, tuve la oportunidad de contemplar mejor a aquel huésped inusual. Tendría unos sesenta y cinco años, muy metido en carnes, y, con mi experiencia adquirida como esposa de un médico, enseguida reconocí la causa de esa manera de andar arrastrada y torpe que me había llamado la atención desde su entrada. Un ataque de apoplejía había debido de paralizar un lado de su cuerpo, porque también su boca estaba torcida en ese lado, y sobre el ojo izquierdo su párpado flácido le caía notoriamente más bajo, lo cual prestaba a su rostro un rasgo distorsionado y amargo. Su atuendo resultaba extraño en una aldea de montaña; en lugar de la chaqueta rural y campesina, y el habitual pantalón de cuero, llevaba unos pantalones amarillos desaliñados que acaso fueron blancos en su momento, así como una americana que, con toda evidencia, hacía años que le quedaba pequeña y que brillaba peligrosamente en los codos; la corbata, anudada de cualquier manera, colgaba como una soga negra del cuello grueso y fofo. En todo su aspecto había algo de venido a menos y, con todo, era posible que ese hombre pudiera haber parecido distinguido alguna vez. La frente redonda y arqueada, coronada por un pelo espeso, blanco y revuelto, tenía algo de imperioso, pero ya debajo de las cejas pobladas empezaba la decadencia, con los ojos turbios bajo los párpados enrojecidos y las mejillas flácidas y arrugadas cayendo hacia el cuello blando e hinchado. De manera inconsciente, me recordaba la máscara de uno de esos emperadores de la antigüedad tardía que vi una vez en Italia, uno de esos emperadores de la decadencia. En aquel primer momento no sabía qué razón me obligaba a observarlo con tanta atención, pero enseguida comprendí que debía guardarme de mostrar mi curiosidad, porque era evidente que él ya estaba impaciente por entablar conversación con cualquiera. Era como si hablar fuera para él una obligación. En cuanto levantó la jarra con su mano un poco temblona y bebió un trago, exclamó:

—¡Ah… Excelente, excelente! —Y miró a su alrededor.

Nadie le contestó. Los jugadores barajaban y repartían sus cartas, los otros fumaban sus pipas; todos parecían conocerlo, pero, por alguna razón que yo desconocía, no tenían ninguna curiosidad por él.

Finalmente, no pudo aguantar más. Empuñó su jarra de cerveza y se fue con ella a la mesa donde estaban sentados los campesinos.

—Permitan los señores un poco de espacio para mis viejos huesos.

Los campesinos se juntaron un poco en el banco y no le prestaron más atención. Durante un rato, permaneció en silencio, mientras arrastraba la jarra medio llena adelante y atrás alternativamente. Volví a fijarme en que entretanto le temblaban los dedos. Por fin, se recostó hacia atrás y comenzó a hablar, por cierto, a voz en cuello. No quedaba claro a quién se dirigía, porque los dos campesinos a su lado habían dejado clara su negativa a conversar con él. En realidad, hablaba para todos. Hablaba por hablar, lo noté en el acto, y para oírse hablar.

—Hoy me ha pasado una cosa... —comenzó—. Desde luego, ha sido con la mejor intención por parte del señor conde, ¡con la mejor intención!: se encuentra conmigo en la calle, él en su auto, y se para... ¡ya lo creo!, se para exclusivamente por mí. Dice que baja con los niños a Bolzano, al cine, y que si me apetece ir con ellos... Él es un hombre distinguido, un hombre con estudios y cultura que sabe honrar a quien lo merece. A un hombre así no se le puede decir que no; al fin y al cabo, ya sabe uno lo que corresponde hacer. Entonces, bueno, voy con ellos, en el asiento de atrás, por supuesto, junto al señor conde... Siempre es un honor ir junto a un señor como él, y me dejo llevar a ese antro de sombras que han montado en la calle Mayor, y montado a lo grande, con anuncios y luces como para bendecir una iglesia. Bueno, me digo, ¿por qué no ir a ver lo que hacen los señores ingleses o americanos allá al otro lado del mar y nos endilgan aquí a cambio de buenos dineros? Por lo visto, según dicen, toda esa niñería del cine también es un arte. Pero, uf, qué diablos —escupía fuerte al decirlo—, al diablo con ellos, es lo que digo yo, ¡vaya porquería ponen en la pantalla! ¡Eso es una vergüenza para el arte, una vergüenza para el mundo que tiene un Shakespeare y un Goethe! Al principio pusieron una tontería de colorines con animalillos pintarrajeados..., bueno, no digo nada, eso igual les gusta a los niños y no hace daño a nadie. Pero luego ponen un *Romeo y Julieta*, ¡y eso tenía que estar prohibido, prohibido en nombre del arte! ¡Ya solo por cómo suenan los versos, que parece que hay alguien graznando por el tubo de una estufa los versos sagrados de Shakespeare, y qué ñoño, y de qué mal gusto es todo! Si fuera por mí, habría pegado un salto y salido corriendo de allí, pero es que el señor conde me había invitado. ¡Hacer semejante porquería, semejante porquería del más puro oro! ¡Y que gente como nosotros tenga que vivir en una época como esta!

Cogió la jarra de cerveza, sorbió un trago largo y la volvió a dejar con tanta fuerza que se rajó. Ahora su voz se había elevado mucho, casi gritaba.

—Y a eso se prestan los actores de hoy en día... por dinero, por el maldito dinero escupen los versos de Shakespeare en máquinas y empuercan el arte. Prefiero a cualquier puta de la calle. Me inspira más respeto que esos monos que dejan que pinchen sus aplanadas caras de un metro en los carteles y se forran de millones por el crimen que cometen contra el arte. Esos que mutilan la palabra, la palabra viva, y gritan versos en un embudo en lugar de educar al pueblo e instruir a la juventud. Una institución moral, así definió Schiller el teatro, pero Schiller ya no vale.

Hoy ya nada vale, salvo el dinero, el maldito dinero y la publicidad que uno sabe hacer consigo mismo. Y el que no lo sepa revienta. ¡Pero yo digo que es preferible reventar, porque todo el que se vende a ese maldito Hollywood merece la horca! ¡A la horca con él, a la horca!

Había gritado a voz en cuello y dado un puñetazo en la mesa. Desde la mesa de los jugadores, uno rezongó:

—¡Vete al diablo y cállate de una vez! ¡Ya no sabe uno a qué está jugando con tu estúpida monserga!

El viejo dio un respingo, como si quisiera replicar algo. Su ojo apagado brilló con fuerza y viveza, pero luego no hizo más que un gesto desdeñoso, como si quisiera decir que él era demasiado bueno para responder. Los dos campesinos fumaban sus pipas y él se quedó mudo, con los ojos vidriosos mirando con fijeza el vacío ante él, y guardó un silencio sordo y pesado. Se veía que no era la primera vez que lo obligaban a callar.

Yo estaba muy asustada. Me palpitaba el corazón. En aquel hombre humillado había algo que me conmovía. Noté en el acto que debió de ser alguien mejor y que, de algún modo, quizá por la bebida, había caído tan bajo. Apenas me atrevía a respirar por temor a que él o los demás pudieran empezar una escena violenta. Desde el primer momento, en cuanto entró y oí su voz, hubo algo en él, no sabía qué, que me inquietó. Pero no pasó nada. Se quedó callado, bajó más profundamente la cabeza y permaneció mirando fijo al vacío. Y me pareció como si murmurase algo en voz baja para sí mismo. Nadie le prestaba atención.

Entretanto, la posadera se había levantado de su mostrador para recoger algo de la cocina. Aproveché la ocasión para ir detrás de ella y preguntarle quién era.

—Ah, el pobre hombre... —dijo con resignación—, vive aquí en el asilo para pobres y le sirvo cada noche una jarra de cerveza. Él no se la puede permitir. Pero no es nada fácil tratar con él. Antes fue actor por ahí en algún sitio, y le pone enfermo que la gente no crea que fue alguien y no le haga los honores en consecuencia. A veces se burlan de él y le dicen que represente algo. Y entonces se pone ahí y echa unos discursos a grandes voces que nadie entiende. A veces, luego le regalan tabaco y le pagan otra cerveza. En ocasiones se ríen de él y se pone hecho una fiera. Hay que andarse con cuidado con él. Pero por lo demás no se mete con nadie. Si se le pagan dos o tres cervezas, entonces ya está contento... Sí, es un pobre diablo el viejo Peter.

—¿Cómo? ¿Cómo se llama? —pregunté muy asustada, aunque sin saber por qué lo estaba.

—Peter Sturzentaler. Su padre era leñador aquí en el pueblo, por eso lo han admitido en el asilo para pobres.

Ya te puedes imaginar, querida, por qué estaba tan espantada. Porque enseguida comprendí lo inimaginable. Ese Peter Sturzentaler, ese viejo venido a menos, borracho y medio paralítico del asilo para pobres, no podía ser otro que el dios de nuestra juventud, el señor de nuestros sueños; él, que con el nombre de Peter Sturz, como actor y primer galán de nuestro teatro municipal, fue para nosotras la encarnación de lo elevado y lo sublime; él, al que nosotras dos, como bien sabes, cuando éramos muchachas, prácticamente niñas, admirábamos tan locamente y del que nos enamoramos hasta la chifladura. Y ahora también sabía por qué, al oír la primera palabra que pronunció en la sala de la posada, algo se conmovió en mi interior. No lo reconocí... ¿Cómo habría podido reconocerlo con esa máscara decrépita, con esa transformación y decadencia? Pero hubo algo en la voz que accedió al recuerdo hacía tanto tiempo sepultado. ¿Te acuerdas aún de cuando lo vimos por primera vez? Vino contratado de alguna ciudad de provincias a nuestro teatro municipal de Innsbruck y casualmente nuestros padres nos dieron permiso para asistir a su estreno porque era una pieza clásica, *Safo*, de Grillparzer, y él hacía de Faón, el bello joven que arrebata el corazón a Safo. ¡Pero cómo arrebató el nuestro en cuanto entró en escena, vestido de griego, con la diadema sobre el cabello completamente oscuro, hecho un Apolo!; ¡aún no había dicho más que las primeras palabras, y ya temblábamos de emoción y nos agarrábamos de las manos. En aquella ciudad de pequeños burgueses y campesinos no habíamos visto jamás a un hombre como ese, y el pequeño actor de provincias cuyo maquillaje y atuendo no podíamos distinguir desde el gallinero nos pareció una alegoría, de procedencia divina, de lo noble y sublime sobre la tierra. Nuestros pequeños corazones alocados palpitaban en nuestro pecho juvenil. Cuando salimos del teatro, éramos otras personas, sometidas a un encantamiento, y como éramos amigas íntimas y no queríamos poner en peligro nuestra amistad, nos juramos amarlo y venerarlo conjuntamente, y en ese momento comenzó la locura. Nada nos parecía más importante que él. Todo lo que pasaba en el colegio, en casa, en la ciudad se vinculaba de manera misteriosa con él, todas las demás cosas nos parecían insípidas, ya no nos gustaban los libros y no buscábamos música más que en su voz. Creo que durante meses no hablamos más que de él y sobre él. Cada día comenzaba con él; corríamos escalera abajo con el propósito de hacernos con el periódico de nuestros padres para saber qué papel le habían asignado y leer las críticas, y ninguna nos parecía lo bastante entusiasta. Si había alguna expresión poco complaciente referida a él, nos desesperábamos, y si se alababa a otro actor, a ese lo detestábamos. Ah, nuestras locuras eran demasiadas como para acordarme ahora de la milésima parte de ellas. Sabíamos cuándo salía y a dónde iba, sabíamos con quién hablaba, y envidiábamos a todo aquel que se pudiera pasear con él por la calle. Conocíamos las corbatas que usaba, así como su bastón, y no solo escondíamos sus fotografías en casa, sino también en los forros de nuestros libros del colegio, de modo que pudiéramos echarle de vez en cuando un vistazo secreto en mitad de una clase. Inventamos una lengua de signos para poder mostrarnos de un banco a otro durante las clases que estábamos pensando en él. Si nos llevábamos el dedo a la frente, eso significaba: «pienso en él». Si teníamos que leer poemas en voz alta, hablábamos sin querer con su voz, y aún hoy no puedo oír determinadas piezas en que lo vi entonces más que en su tono. Lo esperábamos en la salida del teatro e íbamos detrás de él sigilosamente, y luego nos quedábamos en un portal frente al café donde se sentaba y mirábamos interminablemente cómo leía el periódico. Pero nuestra veneración era tan grande que en esos dos años nunca nos atrevimos a dirigirle la palabra o darnos a conocer. Otras chicas más desenvueltas que estaban chifladas por él le pedían un autógrafo y hasta se atrevían a saludarlo por la calle. Nosotras jamás hubiéramos reunido el valor suficiente. Pero una vez que tiró una colilla la recogimos como una reliquia y la partimos en dos mitades: tú te quedaste con una y yo con la otra. Y esa idolatría

infantil se transmitía a todo lo que tenía relación con él. Su
vieja ama de llaves, a la que envidiábamos mucho porque le
estaba permitido servirle y atenderle, era para nosotras un
ser digno de la mayor consideración. Una vez que fue de
compras al mercado nos ofrecimos a llevarle la cesta y nos
hizo muy felices que tuviera para nosotras una palabra
amable. ¡Ay, qué tonterías no habremos hecho por aquel
Peter Sturz, que no sabía ni imaginaba nada de todo
aquello!

Para nosotras, que nos hemos hecho personas mayores y
por lo tanto sensatas, hoy quizá sea fácil sonreír desdeñosas
ante esa chifladura como una exaltación del todo habitual
en chicas adolescentes. Pero no puedo dejar de decirme
que, en nuestro caso, fue casi peligrosa. Creo que nuestro
enamoramiento adquirió formas tan exageradas y absurdas
solo porque, como niñas tontas, nos juramos amarlo conjuntamente. Eso ocasionó que una quisiera superar a la
otra en su exaltación, y que cada día nos esforzáramos más
y más, inventando la una para la otra nuevas pruebas de
que no habíamos olvidado ni por un instante a aquel dios
de nuestros sueños. No éramos como las otras chicas que,
ocasionalmente, se encandilaban de jóvenes imberbes y
practicaban juegos inocentes. Para nosotras, todo sentimiento y todo entusiasmo estaba encerrado en uno, y solo
a él le pertenecieron todos nuestros pensamientos durante
aquellos dos años apasionados. A veces me asombro de
que, tras esa obsesión temprana, aún fuera posible para nosotras amar a nuestros maridos e hijos con un amor claro,
firme y sano, y de que no hubiéramos agotado ya toda la
energía del sentimiento en aquellas exageraciones dispara-
tadas. Pero, pese a todo, no tenemos que avergonzarnos de

aquel tiempo. Porque también gracias a aquel hombre vivimos en la pasión por el arte, y en nuestra locura hubo un impulso misterioso hacia lo elevado, lo puro, lo mejor, que solo en su persona adquirió una suprema personificación casual.

Hace mucho que todo eso parece terriblemente lejano y sobrepasado por otra vida y otro sentimiento, y, sin embargo, cuando la posadera me dijo su nombre, me quedé tan sobrecogida de espanto que fue un milagro que ella no se diera cuenta. La sorpresa era demasiado grande: aquel hombre, al que solo habíamos contemplado rodeado del aura del entusiasmo y habíamos amado de una manera fanática como símbolo de la juventud y la belleza, aparecía ahora como mendigo, como anónimo receptor de limosnas del que se ríen los campesinos groseros, y ya demasiado viejo y cansado para sentir vergüenza de su decadencia. Me resultó imposible volver enseguida a la sala de la posada: tal vez no hubiera podido retener las lágrimas al verlo, o me hubiera delatado de algún modo ante él. Primero tenía que recobrar el dominio de mí misma. Así que subí a mi habitación para recordar con precisión lo que aquella persona había significado en mi juventud. Porque el corazón humano es así de extraño: en años y años, no me había acordado ni una sola vez de aquel hombre que antes había dominado todo mi pensamiento y llenado mi alma entera. Habría podido morirme sin haber vuelto a preguntarme por él; y él habría podido morirse sin que yo lo hubiera sabido.

No encendí la luz en mi habitación, me senté en la oscuridad e intenté acordarme de lo uno y de lo otro, del principio y del final, y de repente reviví todo el viejo tiempo perdido. Para mí fue como si mi propio cuerpo, que hacía años y años que ya había parido hijos, fuera de nuevo el cuerpo de la chica delgada e inexperta, y yo misma también fuera aquella que entonces se sentaba en su cama con el corazón palpitante antes de ir a dormir y pensaba en él. Sin darme cuenta, comenzaron a sudarme las manos, y entonces pasó algo que me dejó espantada, algo que a duras penas te puedo describir. De repente, y sin que al principio supiera por qué, tuve un escalofrío. Algo se agitaba con insistencia dentro de mí. Me sobrevino un recuerdo, un recuerdo determinado, cierta memoria de algo que en años y años no había querido recordar. Ya en el instante en que la posadera mencionó su nombre, sentí que algo me oprimía y urgía, algo de lo que no quería acordarme, algo que, como dice ese profesor Freud en Viena, «había reprimido»..., y lo había reprimido tan profundamente en mí que en efecto lo olvidé durante años, uno de esos secretos profundos que una se niega obstinadamente a decirse incluso a sí misma. Tampoco a ti te dije entonces ese secreto, tampoco a ti, a la que había jurado decir todo lo referente a él. Durante años me lo oculté a mí misma. Ahora, de repente, estaba otra vez despierto y cercano, y solo hoy, cuando ya les toca a nuestros hijos y pronto a nuestros nietos hacer sus propias locuras, te puedo confesar lo que pasó entonces entre ese hombre y yo.

Ahora puedo contarte abiertamente ese secreto íntimo. Ese hombre extraño, ese pequeño comediante viejo, quebrantado y venido abajo, que recita versos a los campesinos por un vaso de cerveza y del que ellos se burlan y ríen, ese hombre, Ellen, ese hombre tuvo durante un peligroso minuto toda mi vida en sus manos. Dependió de él, dependió de su capricho, y mis hijos no habrían nacido, y yo misma no sé dónde estaría ni qué sería. La mujer, la amiga que hoy te escribe sería probablemente un ser desdichado y quizá incluso tan quebrantado y pisoteado por la vida como él mismo. No creas que es una exageración. Yo misma no entendía entonces qué expuesta estuve, pero hoy lo veo con claridad y comprendo lo que entonces no comprendía. Hoy es cuando sé qué profunda es la deuda que he tenido con ese hombre extraño y olvidado.

Te lo quiero contar tan bien como pueda. Te acordarás de que, justo antes de que cumplieras los dieciséis años, tu padre fue destinado a Innsbruck, y aún puedo ver qué desesperada irrumpiste en mi habitación y cómo me decías entre sollozos que tenías que dejarme a mí y dejarlo a él. No sé qué era más duro para ti. Casi creo que era el hecho de no poder verlo más, a él, al dios de nuestra juventud, sin el cual la vida no te parecía digna de ser vivida. Entonces tuve que jurarte que te informaría de todo lo relativo a él, cada semana, no, cada día, una carta, un diario completo, y durante una temporada lo cumplí fielmente. También para mí fue duro perderte, porque ¿a quién podía entonces confiar, a quién informar de esas exaltaciones, de esas benditas locuras de nuestro delirio? Pero, con todo, yo aún lo tenía a él, se me permitía verlo, era para mí sola, y eso no dejaba de ser un pequeño placer en medio del tormento. Pero, poco después, sucedió aquel episodio, quizá te acuerdes todavía, sobre el que no supimos más que cosas inciertas. Se dijo que Sturz cortejaba a la mujer del director, al menos es lo que luego se contó, y que tras una escena violenta fue necesario despedirlo. Solo se le concedió una última función benéfica. Pisaría la escena por última vez, y luego quizá yo tampoco lo habría vuelto a ver.

Cuando hoy vuelvo a pensar en ello, no encuentro ningún día de mi vida más desdichado que aquel en que se anunció que Peter Sturz actuaba por última vez. Estaba como enferma. No tenía a nadie con quien compartir mi desesperación, nadie en quien confiar. En el colegio les llamó la atención a los profesores el mal aspecto que presentaba y lo demudada que parecía, y en casa me porté de una manera tan vehemente y desabrida que mi padre, que no sospechaba nada, se enfadó y me castigó prohibiéndome ir al teatro. Le supliqué, quizá demasiado rabiosa y apasionada, y lo empeoré todo, porque también mi madre habló esta vez contra mí: ir con tanta frecuencia al teatro me sentaba mal, tendría que quedarme en casa. En ese momento odié a mis padres..., sí, ese día estaba tan trastornada y delirante que los odiaba y no soportaba su vista. Me encerré en mi habitación. Quería morir. Me sobrevino una de esas repentinas melancolías graves que a veces pueden experimentar los jóvenes. Estaba sentada en mi sillón, no lloraba... estaba demasiado desesperada para llorar. Había en mí algo helado, y luego de repente se me despertó una especie de fiebre. Corrí de un lado a otro, de una habitación a otra. Abrí la ventana y miré fijamente al patio, tres pisos más abajo, y calculé la altura por si tenía que tirarme. Y entretanto miraba una y otra vez el reloj: las tres todavía, y a las siete empezaba la representación. Él iba a actuar por última vez y yo no iba a oírlo, los demás lo iban a aclamar y yo no lo iba a ver. De repente, no aguanté más. La prohibición de mis padres de salir de casa me daba igual. Salí corriendo sin decir nada a nadie, corrí escaleras abajo y por la calle... no sé hacia dónde. Creo que tenía una vaga representación de ahogarme o hacer alguna otra extravagancia. Sencillamente, no quería vivir más sin él, y no sabía cómo se hace para acabar con la vida. Y así iba corriendo por las calles arriba y abajo, sin saludar a los amigos que me llamaban. Todo me era indiferente, para mí ya no existía en el mundo otra persona que no fuera él. De repente, no sé cómo sucedió, me vi ante su casa. Habíamos esperado muchas veces en el hueco del portal de enfrente a que llegase a casa, o fisgado su ventana, y quizá la esperanza vaga de poderme encontrar por casualidad con él me había llevado inconscientemente. Pero no vino. Una docena de personas indiferentes, el cartero, un carpintero, una verdulera gorda, salieron o entraron en la casa, cientos y cientos de personas indiferentes pasaban apresuradas por la calle, pero él, únicamente él, no vino.

No sé lo que pasó luego, pero de repente me dejé llevar. Crucé corriendo la calle, subí las escaleras de su casa hasta el segundo piso, sin pararme a tomar aliento, y llegué a la puerta de su vivienda. ¡Solo estar cerca de él, más cerca de él! Solo decirle todavía algo, no sabía qué. En verdad sucedió en un estado de frenesí, de locura, sobre el que no sabría precisar, y quizá subí tan velozmente los escalones para pasar por encima de cualquier consideración; y entonces, aún sin tomar aliento, pulsé el timbre. Aún hoy puedo oír el tono agudo y chillón y luego el largo silencio absoluto a través del cual mi corazón alerta palpitó inesperadamente. Por fin, oí pasos dentro, los pasos pesados, firmes, patéticos que conocía del teatro. En ese momento, se me despertó la cordura. Quise salir huyendo de la puerta, pero todo en mí estaba rígido de espanto. Mis pies estaban como paralizados y mi pequeño corazón se paró.

Abrió la puerta y se me quedó mirando asombrado. No sé si me conoció o reconoció. Por la calle zumbaban a su alrededor los numerosos jóvenes inmaduros que lo admiraban. Pero nosotras, que lo amábamos por encima de todo, habíamos sido muy tímidas y habíamos escapado de su vista. También esa vez me quedé con la cabeza baja y no osé levantar la mirada. Esperó a ver qué le entregaba; por lo visto, creyó que era la recadera de alguna tienda o que tenía que darle algún mensaje.

—Bien, hija mía, ¿qué hay? —me animó finalmente con su voz profunda y sonora.

—Yo solo quería... —murmuré—. Pero es que no lo puedo decir aquí... —Y me atasqué de nuevo.

—Bueno... —gruñó con benevolencia—. Pase usted, hija mía. ¿Qué sucede?

Fui detrás de él hasta su habitación. Era una estancia amplia y sencilla, que parecía bastante desordenada; los cuadros de las paredes ya estaban recogidos, había maletas a medio hacer acá y allá.

—Bueno, adelante... ¿de parte de quién viene usted? —preguntó de nuevo.

Y de golpe estallé en ardientes sollozos.

—¡Por favor, quédese usted aquí... por favor, por favor, no se vaya usted... quédese aquí entre nosotros!

Dio un paso atrás maquinalmente. Levantó las cejas, contrajo la boca con fuerza. Había comprendido que se trataba otra vez de una de las delirantes que le importunaban, y temí que me despidiera bruscamente. Pero debía de haber algo en mí, en mi desesperación infantil, que le inspiró compasión. Se acercó y me acarició el brazo.

—Querida hija... —me lo decía como un maestro a una niña—, ya no depende de mí despedirme de aquí y ya no se puede cambiar. Es muy amable por su parte que haya venido a decírmelo. ¿Para quién se actúa si no es para la juventud? Siempre fue mi mayor alegría tener a la juventud de mi lado. Pero los dados han rodado y ya no puedo cambiarlo. Así que, como queda dicho —dio un paso atrás—, ha sido muy amable por su parte haber venido a decírmelo, y se lo agradezco. Conserve su aprecio a mi persona y tengan todos ustedes un amable recuerdo de mí.

Comprendí que me había despedido. Pero justamente eso no hizo más que exacerbar mi desesperación.

—¡No! ¡Quédese usted aquí! —rompí a sollozar—. ¡Quédese aquí, por el amor de Dios! Yo... no puedo vivir sin usted.

—Usted, hija mía... —quiso apaciguarme.

Pero yo me aferré a él, lo agarré con los dos brazos, yo, que hasta entonces nunca tuve valor ni para rozarle la chaqueta.

—¡No, no se vaya! —sollocé desesperada—. ¡No me deje sola! ¡Lléveme con usted! Iré con usted adonde vaya... a todas partes... haga usted conmigo lo que quiera... pero no me deje.

No sé cuántos más disparates le dije entonces en mi desesperación. Me apretaba a él como si de ese modo pudiera retenerlo, sin tener la menor idea de en qué situación peligrosa me ponía con aquel ofrecimiento apasionado. Porque ya sabes qué ingenuas éramos en aquella época, con nuestras ideas totalmente exóticas e ignorantes en lo referente al amor físico. Pero no dejaba de ser una chica joven y, hoy puedo decirlo, una chica llamativamente guapa a la que los hombres por la calle seguían con la vista, y él era un hombre, por entonces de treinta y siete o treinta y ocho años, y podría haber hecho conmigo lo que hubiera querido. Me habría ido con él de verdad; y no me hubiera resistido a cualquier cosa que hubiera intentado. Hubiera sido un juego para él abusar de mi falta de juicio. En ese momento, tuvo mi destino en su mano. Quién sabe qué habría sido de mí si se hubiera aprovechado de manera innoble de mi ímpetu infantil, si hubiera cedido a su vanidad y quizá a su propio deseo y a su tentación violenta... Solo hoy sé en qué peligro estuve entonces. Hubo un momento en que ahora siento que él se vio en peligro, pues sentía mi cuerpo junto al suyo y mis labios palpitantes muy cerca. Pero se dominó y me repelió lentamente.

—Un momento —dijo, liberándose casi a la fuerza, y se desplazó a la otra puerta—. ¡Señora Kilcher!

Me dio un susto terrible. Instintivamente quise salir corriendo. ¿Iba a ponerme en ridículo ante esa señora mayor, su ama de llaves? ¿Quería burlarse de mí delante de ella? Entonces ella entró. Y él se volvió hacia ella.

—Imagínese usted qué amable, señora Kilcher —le dijo—. Viene aquí esta joven señorita para transmitirme cordiales saludos de despedida en nombre de todo el colegio. ¿No es conmovedor? —Se volvió de nuevo hacia mí—. Sí, haga llegar a todos mi más rendido agradecimiento. Siempre he encontrado que lo bello de nuestro oficio es que tenemos a la juventud para nosotros y, con eso, lo mejor de la tierra. Solo la juventud tiene gratitud para con la belleza, sí, sí, solo ella. Me ha dado usted una gran alegría, querida señorita. Nunca olvidaré —al decirlo, me estrechó la mano— esto que hace usted.

Mis lágrimas dejaron de fluir. No me había avergonzado, no me había humillado. Pero su cuidado fue aún más allá, porque se volvió hacia el ama de llaves:

—¡Pues sí! ¡Si no tuviéramos tanto que hacer, con qué gusto hubiera charlado con esta querida señorita! Pero no puede ser, ¡acompáñela abajo hasta la puerta y que le vaya bien, que le vaya bien!

Solo más tarde comprendí con qué cuidado pensó en protegerme al enviar al ama de llaves conmigo hasta la puerta. Después de todo, yo era conocida en la pequeña ciudad, y algún malintencionado podría haber visto cómo una joven muchacha como yo se deslizaba sola de la puerta del famoso actor y difundir maldades. Él, aquel hombre extraño, comprendió, mejor de lo que yo como niña pudiera comprender, lo que era peligroso para mí. Me había protegido de mi propia juventud insensata... ¡Qué claro lo veía, al cabo de más de veinticinco años!

No es raro, ni es vergonzoso, mi querida amiga, haber olvidado todo eso durante años y años, porque por vergüenza quise olvidar que en mi interior nunca estuve agradecida a ese hombre y nunca más pregunté por él, que entonces, aquella tarde, tuvo mi vida, mi destino, en sus manos. Y ahora ese mismo hombre estaba sentado abajo ante su cerveza, una ruina ambulante, un mendigo, alguien del que todos se burlan y del que desconocían quién fue, quién había sido, excepto yo. Solo yo lo sabía. Era quizá la única en la tierra que se acordaba de su nombre y era deudora de él. Tal vez ahora podía pagarle. De repente, me sobrevino una gran calma. Ya no estaba asustada, solo un poco avergonzada de haber podido ser tan ingrata, de haber olvidado tanto tiempo que esa persona extraña había sido magnánima conmigo en un momento decisivo de mi vida.

Bajé la escalera de nuevo hasta la sala de la posada. Habrían pasado en total unos diez minutos. No había cambiado nada. Los jugadores seguían con sus cartas, la posadera zurcía en su mostrador, los campesinos fumaban sus pipas con ojos soñolientos. También él seguía sentado en su sitio, con una jarra vacía ante sí y mirando al vacío. Y entonces fui por primera vez consciente de cuánta tristeza había en aquel rostro descompuesto, con los ojos apáticos bajo los párpados pesados y la boca amargada, contraída y torcida por la parálisis. Estaba sentado con ceño fruncido, apoyado en los codos para sostener la cabeza inclinada por el cansancio, no del sueño, sino de toda una vida. Nadie le hablaba, nadie se ocupaba de él. Estaba sentado como un gran pájaro gris, ajado, acurrucado en la oscuridad de la jaula, tal vez soñando con su antigua felicidad, cuando aún podía desplegar las alas y volar por el éter.

La puerta se abrió de nuevo; esta vez entraron tres campesinos con pasos pesados y arrastrando los pies, pidieron sus cervezas y miraron en busca de un sitio.

—Venga, hazte a un lado —le ordenó uno con bastante grosería.

El pobre Sturz le miró inexpresivo. Vi que le ofendía el desdén grosero con el que se le trataba. Pero ya estaba demasiado cansado y humillado para defenderse o discutir. Se hizo a un lado en silencio y arrastró consigo su jarra vacía. La posadera llevó las jarras llenas a los demás. Él las miraba, lo noté, con ojos codiciosos y sedientos, pero la posadera pasó de largo con indiferencia ante su súplica muda. Ya había tenido su parte de mendigo y, si no se iba, era culpa suya. Vi que no tenía más fuerza para defenderse, ¡y cuánta humillación le esperaba todavía en su vejez!

En ese instante me sobrevino por fin la idea liberadora. No podía ayudarle en realidad, eso lo sabía. No podía hacer que aquel hombre quebrantado y gastado fuera joven de nuevo. Pero quizá pudiera protegerlo un poco frente a la penalidad de aquel desprecio, salvar para él un poco de reconocimiento en esa aldea perdida, para los pocos meses que le quedaban de vida a aquel hombre ya marcado con la señal de la muerte.

Así que me levanté, me dirigí de manera bastante ostentosa a su mesa, donde se sentaba apretado entre los campesinos que miraban admirados cómo me aproximaba, y le dije:

—¿Tengo quizá el honor de hablar con el señor Sturz, actor de teatro de la corte?

Él se estremeció. Fue como si lo atravesara una descarga eléctrica, hasta el párpado caído sobre el ojo izquierdo se le levantó. Me miró fijamente. Alguien le había llamado con su antiguo nombre, que todos, excepto él mismo, habían olvidado hacía mucho tiempo, e incluso le había llamado actor del teatro de la corte, lo que en realidad nunca llegó a ser. La sorpresa fue demasiado intensa como para que tuviera fuerzas para levantarse. Su mirada se fue volviendo insegura, quizá también eso no era más que una broma concertada.

—Por supuesto... ese es... ese era mi nombre.

Le tendí la mano.

—Oh, es un gran placer para mí..., un extraordinario honor —hablaba alto con toda la intención, porque ahora se trataba de mentir con audacia para conseguir que le tuvieran respeto—. A decir verdad, nunca tuve la dicha de poder admirarle a usted en el escenario, pero mi marido me ha hablado muchísimas veces de usted. Él lo vio a usted con frecuencia en el teatro, cuando estudiaba en el colegio. Creo que era en Innsbruck...

—Ya lo creo, en Innsbruck, allí estuve dos años.

Su rostro comenzó de repente a cobrar vida. Notó que no quería burlarme de él.

—No se puede usted imaginar, señor actor de la corte, cuántas cosas me ha contado de usted, ¡y cuántas cosas sé de usted! ¡Oh, la envidia que me va a tener cuando mañana le escriba que he tenido la fortuna de encontrarme aquí personalmente con usted! No se imagina usted cómo le sigue venerando todavía hoy. No hay nadie, eso me lo ha dicho muchas veces, que se pueda comparar con su marqués de Posa, ni siquiera Kainz, nadie con su Max Piccolomini, su Leandro, y creo que fue una vez a Leipzig solo para verle a usted en el escenario. Pero luego no tuvo valor para hablarle. Pero aún guarda todas las fotografías de usted de aquella época; me gustaría que pudiera venir usted a nuestra casa para ver qué cuidadosamente bien guardadas están. Se alegraría muchísimo de saber más de usted, y en eso quizá pueda usted ayudarme, si me cuenta algo de lo que luego yo le pueda informar... Pero no sé si le estoy molestando, o si me permite pedirle que venga a mi mesa.

Los campesinos a su lado le miraron con ojos asombrados y maquinalmente se hicieron a un lado muy respetuosos. Vi que estaban en cierto modo inquietos y avergonzados. Habían tratado a aquel viejo hasta entonces como a un mendigo, al que se regala de vez en cuando una jarra de cerveza y con el que se bromea. Por la manera respetuosa en que yo, una forastera, lo trataba les sobrevino por primera vez la inquietante sospecha de que era alguien, de que se le conocía e incluso veneraba en el mundo exterior. El tono deliberadamente humilde con el que solicité una conversación con él, como si fuera una gran distinción, comenzó a surtir efecto.

—¡Venga, vete, pues! —le urgió el campesino a su lado.

Se levantó aún tambaleante, como quien se incorpora de un sueño.

—Con mucho gusto... con mucho gusto... —tartamudeó.

Noté que le costaba reprimir la emoción y que él, el viejo actor, se las veía consigo mismo para no delatar ante los demás qué sorprendido estaba y qué torpemente se esforzaba por hacer como si tales invitaciones y admiraciones fueran para él una cosa habitual y natural. Se aproximó a mi mesa lentamente, con la dignidad aprendida en el teatro.

—Una botella de vino del mejor en honor del señor actor de teatro de la corte —pedí en voz alta.

Ahora miraban también los jugadores de cartas y comenzaban a murmurar. ¿Un señor actor de teatro de la corte, un hombre famoso, su Sturzentaler? Tenía que haber algo en él cuando la forastera de la gran ciudad le hacía semejante honor. Y el gesto lleno de respeto con el que la posadera le presentó la botella fue totalmente distinto al de antes.

Y a continuación vino un momento maravilloso para él y para mí. Le conté todo lo que sabía de él, haciendo como que mi marido me lo había contado. No podía contener su asombro al comprobar que conocía cada uno de sus papeles y el nombre del crítico de turno, así como cada línea que se había escrito sobre él. Y cómo, en una función extraordinaria, Moissi, el célebre Moissi, se negó a salir solo al proscenio y lo hizo salir a su lado, y luego, por la noche, le pidió que se tutearan. Se quedaba pasmado como en un sueño:

—¡Eso también lo sabe usted!

Se había creído olvidado y enterrado desde mucho tiempo atrás, y ahora había una mano que llamaba en el ataúd, lo sacaba afuera y simulaba para él la existencia de una fama que en realidad jamás existió. Y como al corazón siempre le gusta engañarse, se creyó esa fama en el gran mundo y no sospechó nada.

—¡Ah, también sabe usted eso... Yo mismo ya lo había olvidado! —tartamudeaba una y otra vez.

Y noté que tenía que esforzarse para no delatar su emoción. Una, dos, tres veces se sacó su gran pañuelo, un poco sucio, de la chaqueta y se volvió para sonarse, en realidad para enjugar las lágrimas que le corrían por las mejillas desmoronadas. Lo noté, y se conmovía el corazón al ver que era capaz de hacerlo feliz, que ese viejo enfermo aún era feliz otra vez antes de morir.

Así estuvimos sentados juntos en una especie de arrobamiento, hasta las once de la noche. Entonces vino el oficial de la gendarmería muy discretamente y advirtió con toda cortesía que era la hora de cerrar. El viejo se asustó visiblemente: ¿el milagro del cielo debía terminar? Hubiera preferido seguir del mismo modo durante horas, oyendo hablar de sí para soñar consigo mismo. Pero yo me alegré del aviso, porque todo el tiempo temía que acabase por adivinar la verdad. Así que les pedí a los demás:

—Espero que los señores sean tan amables de acompañar a casa al señor actor de teatro de la corte.

—Con el mayor de los placeres —dijeron todos como un solo hombre.

Uno le llevó con todo el respeto el sombrero deshilachado, el otro le ayudó a levantarse, y supe que desde ese instante dejarían de burlarse y no se reirían de él, no harían sufrir más al pobre viejo que fue la dicha y la aflicción de nuestra juventud.

Pero, en la última despedida, le abandonó la dignidad trabajosamente conservada, la emoción se apoderó de él y no pudo mantener la compostura. Las lágrimas brotaron gruesas y copiosas de sus viejos ojos cansados y le temblaban los dedos al estrecharme la mano:

—¡Oh, bondadosa y distinguida señora! —dijo—. Salude de mi parte a su marido y dígale que el viejo Sturz todavía vive. Quizá aún pueda volver al teatro. Quién sabe, quién sabe, tal vez un día recupere la salud.

Dos hombres le sostenían a derecha e izquierda. Pero él caminaba casi derecho; un nuevo orgullo había enderezado al quebrantado y pude oír que había otro tono en su voz. Yo había podido ayudarle al final de su vida, así como él me ayudó al principio de la mía. Había pagado mi deuda.

A la mañana siguiente me disculpé ante la posadera por no poder quedarme más tiempo, el aire de la montaña era demasiado fuerte para mí. Intenté dejarle dinero para que regalase al pobre viejo de vez en cuando, en lugar de una jarra de cerveza, siempre que él quisiera, una segunda y una tercera. Pero en eso me topé con el orgullo patrio. No, eso quería hacerlo ella misma. En el pueblo desconocían que el Sturzentaler había sido un gran hombre. Eso era un honor para todo el pueblo, el alcalde había ordenado que en lo sucesivo se le pagara algo al mes, y ella velaría por que todos lo cuidaran bien.

Así que solamente dejé una carta para él, una carta de gracias exaltadas por haber sido tan amable de regalarme una velada. Sabía que la leería mil veces antes de morir y que se la enseñaría a todo el mundo, esa carta, y que soñaría feliz una y otra vez ese sueño falso de su fama hasta el final.

Mi marido se sorprendió mucho de que volviera tan pronto de mis vacaciones, y aún se asombró más de lo rebosante de salud y contenta que me habían dejado esos dos días de ausencia. Dijo que había sido una cura milagrosa. Pero yo no encuentro en eso ningún milagro. Nada es tan curativo como ser feliz, y no hay mayor felicidad que hacer feliz a otra persona.

Bueno, y con esto te he pagado también a ti mi deuda de los días en que éramos niñas. Ahora lo sabes todo de nuestro Peter Sturz, y también este último viejo secreto

de tu amiga
Margaret